KB152399

아버지로
산다는 것

고운진

1954년 제주시 오등동에서 태어나 초·중·고등학교 및 대학교를 졸업하고 제주대학교 교육대학원에서 교육학을 공부하였다. 40년간 학교와 교육행정기관에서 근무하다가 제주학생문화원에서 정년퇴임하였으며 지금은 프리랜서 작가로 활동하고 있다.

1993년 단편 동화 〈흰 눈이 된 토끼〉로 제주신인문학상을 받은 이후 1994년 계간 《우리문학》과 1996년 《한국아동문학연구》에 작품을 발표하며 동화를 쓰기 시작했다.

지은 책으로는 1997년 창작동화집 《설이가 본 세상》을 출간한 이래 《산타클로스를 기다리는 아이》《꽃피는 지구식물원》《하늬바람이 찾은 행복》《도토리묵》《천천히 자라는 나무야》 등을 출간하였으며 최근에 동화작가가 쓴 수상록 《아버지로 산다는 것》을 상재하였다.

한국아동문학회 한국아동청소년문학협회 이사, 제주문인협회 제주예술인총연합회 선거관리위원장 및 감사, 제주문인협회 회장, 제주아동문학협회 회장, 대한민국독서대전 추진위원, 제주문학관 건립 추진위원, 제주 문학의 집 운영위원장 등을 역임하였다.

아버지로 산다는 것

2023년 8월 30일 초판 1쇄 발행

지은이 고운진 **펴낸이** 김영훈 **편집장** 김지희 **디자인** 김영훈 **편집부** 이은아, 부건영, 강은미
펴낸곳 한그루 **출판등록** 제6510000251002008000003호 **주소** 제주특별자치도 제주시 복지로1길 21
전화 064-723-7580 **전송** 064-753-7580 **전자우편** onetreebook@daum.net **누리방** onetreebook.com

ISBN 979-11-6867-107-2 (03810)

© 고운진, 2023

값 15,000원

동화작가가 쓴
수상록

아버지로
산다는 것

글 고운진

한그루

머리말

감성만 앞세워 문학의 길로 접어
든 지가 어언 30년이 지났다. 그동안 문학을 하면서 특히 아
동문학에 대한 이론을 알면 알수록 창작에는 더 자신이 없었
다. 주 독자가 미성숙한 어린이라 하더라도 짜임이 탄탄하지
않으면 재미를 담보할 수 없는 것이 동화이다. 하지만 지금
까지 내 맘을 울린 짜임새 있는 창작동화를 쓰진 못했다.

그럼에도 불구하고 지금까지 여섯 권의 창작동화집을 발
간하면서 동화작가 행세(?)를 하고 있으니 이 어쩌란 말인
가? 어린이 독자는 물론이고 동심을 지닌 성인 독자들에게
도 미안한 마음 한가득뿐이다. 변명하는 것 같지만 교직과
문학을 병행하며 좋은 동화를 창작해 내긴 힘들다. 그렇다손

치더라도 교직을 열심히 수행하면서도 문학에 일가를 이룬 분들을 우린 손쉽게 찾아볼 수 있지 않은가?

그래서일까? 부끄럽고 미안한 마음을 만회하기 위해 난 오늘도 고민하고 다짐하면서 동화 창작작업을 계속하고 있다. 내 생애에도 정채봉의 《오세암》 같은 동화가 창작되기를 소망하면서 말이다.

칼럼에 눈을 돌리기 시작한 건 그래서일지도 모르겠다는 의문을 가져보지만 그건 또 확실히 아니다.

내가 칼럼을 쓰기 시작한 건 불편한 사회 진실을 사회 곳곳에서 목도하기 시작한 2000년도 후반부터이기 때문이다.

학교의 최고 관리자가 되면서 사회를 폭넓게 바라보는 안목을 가질 수 있었으며 이때부터 사회적으로 불편한 진실들이 눈에 보이기 시작했고 《제주일보》에 문화 칼럼을 쓰기 시작했다. 지금도 계속해서 필진으로 참여해 칼럼을 쓰고 있지만 이번 칼럼집에 다 상재할 수는 없었다는 것을 밝힌다. 고르고 골랐고 수정에 수정을 거듭했지만 미흡한 부분이 많다는 것도 인정한다. 미흡한 칼럼이라 할지라도 다 내가 낳은 자식이기에 부정할 수는 없다는 말씀을 드린다. 그 자식들을 통하여 사회의 불편한 진실들을 알리고 싶었고 그 사회 속에서 진정한 아버지로 산다는 것이 얼마나 어려운 것인가를 절절하게 외치고 싶었기 때문이다.

사실은 표제를 놓고도 고민이 많았다.

어머니를 그리는 사모곡 '동백은 다시 피고 지는데'와 '아버지로 산다는 것'을 놓고 고민을 거듭하다가 어머니는 이제 놓아드리기로 했다. 봄빛이 찬란한 어느 날 동백이 지듯이 그렇게 가신 지가 이제 십수 년을 넘어섰기 때문이다. 이제 아버지로 살아가고 있는 나 자신도 어머니를 따를 날이 머지않았다는 것을 잘 알기에 좀 더 겸손해져야 한다는 결의를 다지며 '아버지로 산다는 것'을 표제로 정했음을 밝혀둔다.

마지막으로 이 책을 읽고 있는 독자들에게 간곡히 당부한다.

이 책 속에 담긴 칼럼들은 내 생각이다. 하지만 내 생각이

겉으로 드러나 있지는 않다. 필자가 어떤 사유를 하며 살아가고 있고 또 어떻게 사회가 변하기를 바라는지를 은유적(隱喩的)으로 칼럼 속에 녹여 넣었기 때문이다. 그러므로 꼭 공감하면서 읽어보시라 강요하고 싶진 않아도 필자가 바라보는 사회 진실이 무엇인가만 파악해 주었으면 하는 바람이 있다.

출간 출판사를 놓고도 고민을 많이 했다. 칼럼집을 마무리하면서 4개월여를 고민하다가 결국 한그루에 맡기기로 했다. 늘 사유하면서 좋은 책을 만들어 독자들에게 울림을 주려는 노력이 엿보였기 때문이다.

싱그러운 진초록의 계절이다. 온 세상이 싱그러운 초록빛으로 당당한 이 계절처럼 우리 사회도 그렇게 싱그러운 빛으로 물들었으면 좋겠다.

김지희 편집장과 편집진들에게 감사 인사를 드린다.

2023년 7월 **고운진**

아버지로 산다는 것

차례

제1부 달빛 추억 속으로

제2부 다시 동백은 피고 지는데

제3부 아버지로 산다는 것

제4부 내 뜨락의 가을

제5부 채움, 그리고 비움

프롤로그

난 전직 교원이었다.

1977년 3월 1일 자로 남제주군의 한 학교로 발령받고 긴 교직 생활을 시작했으니 먼 옛날이야기이다. 수상록 프롤로그에서 뜬금없이 무슨 교원 이야기로 시작하느냐 할지도 모르겠지만 이 글을 쓰게 된 연유를 엮어 올라가려면 젊은 시절 나의 교직 이야기를 빼놓을 수 없기에 하는 말이다.

교원들은 발령받으면 새 학기에 학년을 맡으며 학급담임 배정을 받음은 물론이고 각 개인 특기와 적성에 따라 사무분장이라는 것을 했었다. 지금이나 옛날이나 담임 배정과 사무분장은 크게 달라지지 않았지만 어려운 업무, 누구나 기피하는 업무는 당연히 새내기 교사에게 주어지는 것이 통상 관례였다.

내가 첫 발령학교에서 받은 사무분장 업무는 학교 비품과 재물조사, 도서 관리, 시청각 자료관리 등 그야말로 잡다한(?) 업무는 모두 배정받게 되었다.

하루 6시간 수업을 하며 아이들을 가르치는 것은 물론 방과 후 학교 업무를 처리하는 데도 많은 시간을 할애해야 했던 시절이었다.

난 그때 문학 서적을 처음 접했었다. 도서 관리 업무를 맡았었기 때문이다. 교원으로 발령받기 전까지는 그 어떤 문학 서적도 본 적이 없었을 뿐만 아니라 내 주변 또한 책이라곤 찾아볼 수 없는 환경이었기 때문에 학교 도서 진열함에 있는 책을 보는 것은 설레고 신기한 일이었다.

밤늦게 퇴근하는 일이 비일비재했고 도서 진열함에 있던 문학 서적들을 관리하고 책을 잃어버리지 않도록 열쇠를 단단히(?) 쥐고 생활했었다. 학교마다 도서관이 있고 책도 넘처나는 지금과 견주면 격세지감(隔世之感)이다. 하지만 요즘은 책은 넘쳐나는데 잘 읽지 않아서 아이러니하다.

그 당시 도서 관리 업무를 맡지 않았다면 지금의 내 문학은 없지 않았을까 생각해 보게 된다. 동화와 소설은 물론 교육잡지, 어린이 잡지까지 다 섭렵하며 문학적 감성을 키운 것이 문학의 길로 들어선 동기가 아닌가 생각해 본다.

동화작가 정채봉의 《오세암》을 만난 건 다른 학교로 발령이 난 한참 후로 기억한다. 난 그 아름답고 슬픈 이야기를 읽고는 눈물을 흘렸었다. 감성이 풍부한 청년 시절이었기에 그랬고 정말 아름다운 이야기였기에 더욱 그랬다.

'나도 이런 아름다운 이야기를 쓸 수는 없을까?' 하는 생각에 계속해서 읽고 습작을 반복하다가 1994년 동화 등단작가로 문학 활동을 지금까지 이어오고 있다.

동화 등단작가로 문학 활동을 이어오고 있는 연유를 장황하게 나열했지만 아이러니하게도 여기에 있는 이야기들은 동화가 아니다. 불편한 사회현상들을 목격하면서 느낀 내 생각의 편린$^{(片鱗)}$들이다. 사회의 불편한 진실들을 목도하게 된 건 학교 최고 관리자가 되던 2009년이었고 이때부터 칼럼을 쓰지 않을 수 없었다.

여기에 실린 칼럼들은 그때부터 지방 일간지《제주일보》에 필진으로 참여하면서 썼던 칼럼들이다. 불편한 사회현상들을 독자들이 바로잡아주길 기원하며 쓰기 시작했지만 그때나 지금이나 불편한 사회 진실은 여전히 존재하고 일부 정치인과 우매한 백성들에 의해 호도되고 있어 안타까운 마음 금할 수 없다.

지금도 이성보다는 풍부한 감성이 넘쳐나는 사회를 꿈꾸며 쓴다는 원대한 포부를 갖고 있다. 하지만 독자들 기대에 부응하지 못하는 부끄러운 글들도 섞여 있다는 걸 고백하지 않을 수 없다. 부끄러운 글들도 내 자식이기에 부정할 수는 없는 노릇이어서 어찌하든 모든 것들은 독자들이 읽고 판단해 주었으면 한다. 그 판단에 겸허히 따를 것이며 향후 내 글쓰기 기준으로 삼아 좀 더 겸손하게 편향되지 않은 칼럼을 쓰겠다는 말씀을 드리며 읽고 많은 조언과 질책이 있기를 부탁드린다.

지방 일간지는 주어진 제한된 지면으로 인해 내 얘기를 온전히 도민들에게 전달하는 게 쉬운 일이 아니어서 재편집하고, 지면에서 못다 한 내용들은 많은 부분 첨삭됐음을 밝히는 바이다. 그래서 지방 일간지 《제주일보》를 애독하는 독자가 보기에는 다소 낯선 문장이 있을 수 있다는 양해의 말씀도 드린다.

14년 전과 지금의 사회 현실이 달라 생뚱맞은 내용들도 있을 수 있고 시의적절하지 않은 내용도 있을 수 있어 독자들이 이해해 주시길 당부할 뿐이다.

이 칼럼들은 내가 사회를 어떻게 보고 어떤 생각을 하며 살아가고 있나를 보여주는 증거이다. 독자들의 생각과 내 생각이 다를 수 있어 반드시 내 칼럼에 동의해 주시길 바라진 않는다. 다만 부지런히 노력하면서 생활하고 있지만 생활고(苦)에 눈물 흘리는 한 명의 선량한 시민이나 삶에 짓눌려 방

황하는 단 한 명의 젊은이라도 내 칼럼을 읽고 삶의 전환점
으로 삼을 수 있다면 더 이상 바랄 게 없다.

프롤로그를 마무리하며 이 책을 손에 쥔 독자들에게 깊
이 감사드린다.

제1부

달빛 추억 속으로

달빛
차회(茶會)

누구에게나 추억은 있지만 그중에서도 달빛과 관련된 추억들이 많으리라 생각해본다. 이순(耳順)을 바라보며 살아가는 이 시대의 중장년들의 가슴속엔 아마도 달빛 추억이 많이 자리하고 있을 테니까 하는 말이다.

필자도 희푸른 달빛을 하염없이 바라보던 일, 대학에 낙방하고 달빛을 보면서 눈물을 흘렸던 일, 그리고 보름달을 바라보며 소원을 빌었던 일이 파노라마가 되며 옛 추억을 회상하게 할 때가 많다.

나에게도 달은 희망이고 환상이었다. 적어도 지구로부터 약 38만km나 떨어져 있는 달에 1969년 '닐 암스트롱'이 첫발을 디디기 전까지는 말이다. 1969년 아폴로 11호에 탑승한

암스트롱과 올드린이 최초로 달의 '고요의 바다'에 착륙하였을 때 사람들은 환호했지만 서서히 깨지기 시작한 달에 대한 환상은 현실로 다가오게 된다. 우린 정월대보름이 되면 달에다 소원도 빌고 떡방아를 찧는 토끼를 동경하면서 달에 대한 문학적 환상을 간직해온 민족이 아닌가?

그렇다. 그러기에 문학작품에도 음악에도 달빛은 어김없이 중요한 소재가 되고 있는지도 모르겠다. 이효석의 '메밀꽃 필 무렵'에서 허생원이 소금을 흩뿌려놓은 듯한 메밀밭을 끝없이 걸어갈 때도 산등성이를 훤히 비춰주는 달빛이 있었고, 푸른 하늘 은하수 하얀 쪽배로 시작되는 윤극영 선생의 동요에도 달빛이 있었다. 반달은 일제의 억압에서 벗어난 한참 후까지도 우리의 암울한 시대 상황을 벗어나 보려는 민초들의 희망 노래로 많이 불렸다. 한쪽 다리를 들고 빙판을 활주하는 김연아의 피겨스케이팅에도 달빛은 있었다. 특히 김연아와 미셸 콴의 듀엣 무대는 베토벤의 '월광 소나타(베토벤 피아노 소나타 14번)'를 배경으로 연기를 펼쳐 더 환상적이었다.

두 피겨 여왕이 오케스트라 선율에 맞춰 선보인 스파이럴 시퀀스(한쪽 다리를 들고 빙판을 활주하는 연기)가 듀엣 무대의 백

미$^{(白眉)}$였던 것이다. 베토벤의 '월광 소나타'가 빙판에 흐르고 있어 김연아가 더욱 아름다웠고 국민들은 환호했던 것이 아닐까? 이렇듯 음악과 달빛, 문학과 달빛은 어쩌면 공존의 이유가 되고 있는지도 모른다.

일말의 동심$^{(童心)}$이 남아있다는 증거일까? 중장년을 넘기고 노년으로 접어드는 요즘에도 나는 달이 뜬 밤에 산책하기를 좋아한다.

최근 달이 뜬 어느 보름날로 기억이 된다. 그날도 달빛에 이끌려 저녁 식사 후 어김없이 산책에 나섰는데 뜻밖의 광경을 목격했다. 마을에 있는 선원$^{(禪院)}$ 옆을 지나는데 달빛 속에 너무나도 아름다운 모습을 대하는 행운을 얻었기 때문이다. '대보름 달빛 차회$^{(茶會)}$'라는 현수막이 나직이 걸려있었다. 희푸른 달빛 아래 앉아 있는 스님, 고운 한복을 입고 차를 나르고 마시는 여인네들의 모습도 보였다. 거기에다가 시가 낭송되고 음악도 달빛 속에 녹아 흐르고 있었다.

참 좋았다. 달빛이 있어 좋았고 정담을 나누며 차를 마시는 사람들이 있어 더 좋았다. 흰 구름과 밝은 달이 가장 좋은 차 벗이라 했던 초의선사$^{(草衣禪師)}$에게서 영감$^{(靈感)}$을 얻었을 법하다. 신도들이 모여 차를 마시며 부처께 다게$^{(茶偈)}$

를 노래하고 발원문^(發願文)을 낭송하는 달빛 차회라니…, 두
툼하고 초라한 산책복만 아니었더라면 차회의 일원이 되고
싶은 아쉬움만이 진하게 남았다. 어쩌랴, 넋을 잃고 바라보
다 조용히 선원을 빠져나와 오솔길로 접어들었던 기억이 새
롭다.

이제 경인년^(庚寅年) 새해가 밝았다. 새해를 맞으며 세태
풍자^(世態諷刺)로 가장 주목받는 교수 신문이 선정한 사자성
어^(四字成語)를 생각해본다.

강구연월^(康衢煙月). 서민들이 얼마나 힘든 세월을 보내고
있으면 강구연월을 생각했을까?

위정자^(爲政者)들은 이 사자성어를 곱씹으며 각고^(刻苦)하
는 심정으로 새해를 살아야 한다. 그래야 서민들이 태평성대
^(太平聖代)를 노래할 것이다. 번화한 거리에 달빛이 연기에 은
은하게 비치는 모습을 뜻하는 강구연월^(康衢煙月). 생각만 해
도 평온하고 행복하다.

이제 더 이상 서민들의 한숨 소리가 달밤에 들리지 않는
시절이 되었으면 좋겠다.

달빛이 흐르는 거리에서 서민들이 여유롭게 차회를 즐기
는 태평성대의 시절이 되었으면 더욱 좋겠다. 경인년 정월

대보름달은 어느 민요 가수의 달 타령에 나오는 가사처럼 새 희망을 주는 달이 떠오르길 바란다. 정월 대보름날 우리 모두의 가슴에 둥근 달을 가득 품고 새 희망을 노래하자.

달빛 차회(茶會)

어릴 적부터 달과 별을 바라보며 지내는 시간이 많았던 것 같다. 누구나 달빛 속에는 추억이 서려 있겠지만 유독 난 달과 별이 어릴 적 유일한 친구였다는 것을 고백한다. 솔직히 그 산책길에서의 달빛 차회도 내 어릴 적 추억을 소환하는 듯한 그런 분위기의 차분함이 묻어나 더욱 정감이 갔는지도 모른다. 어릴 적 유일한 친구들이 있는 곳이어서일까? 노인이 된 요즘도 밤하늘을 쳐다보는 것이 좋다. 희푸른 달과 함께 반짝이는 별이 있어도 좋고 달이 없는 까만 밤하늘에 반짝거리는 별만을 쳐다보는 것도 좋다. 까닭도 없이 마냥 바라보는 것만으로도 겸손해지고 마음이 차분해지기 때문이다.

어머니

우수 경칩이 지나고 춘분이 코앞이고 보면 이제 완연한 봄이다. 정원의 매화가 흰 눈처럼 날리고 천리향 내음이 진동한다. 목련과 설유화도 피기 시작했다. 오랜 세월에 걸쳐 잔소리(?)를 들으며 관리했기 때문일까? 정원은 어김없이 계절이 오고 감을 알린다. 잡초 한 포기만 보여도 나에게 잔소리를 해줬던 분. 그분은 바로 나의 어머니이시다. 어머니가 계셔서 우리 집 정원의 꽃과 나무들은 항상 새봄을 알리고 계절에 알맞은 모습으로 옷을 갈아입고 있다. 감사할 따름이다. 하지만 감사드려야 할 그분의 잔소리가 요즘 부쩍 줄어들어 걱정이다.

지난 2월 우리 학교 졸업식이 있었다. 통합학교라 3년 또는 6년 동안의 학업을 훌륭하게 마치고 이제 더 큰 세상으로 나래를 펴는 우리 초·중 아이들에게 어떤 이야기를 해야 할까 고민하다가 어머니에 얽힌 실화로 졸업 식사(式辭)를 대신했다. 앞으로 내 아이들이 가야 할 길이 험난하기에 인내와 자신감으로 자신의 꿈을 키워나가기를 바라는 마음에서 얘기를 했었다.

자신의 몸이 망가지면서도 불구덩이 속에서 두 아들을 구해내고 훌륭하게 성공시킨 한 어머니의 뒷이야기였다. 나는 이 이야기를 통해 단순히 부모님께 효도하라는 얘기만 하려고 한 게 아니었다. 항상 부모님을 생각하면서 자기의 꿈을 실현하려고 노력하는 사람만이 행복한 삶을 살게 될 것이라는 걸 말해 주고 싶었기 때문이다.

요즘 신문 지상을 장식하는 패륜(悖倫) 범죄를 보면서 황금만능주의가 낳은 현시대의 효(孝)는 과연 어떤 것일까를 새삼 생각해보게 된다. 하지만 시대가 변해도 효의 근본은 변하지 않아야 한다. "나무가 고요하고자 하나 바람이 멈추지 않고 자식이 효도하고자 하나 어버이가 기다리지 않는다.(樹欲靜而風不止 子欲養而親不待)"는 한시외전(韓詩外傳)에 나오는 구절은 이 시대를 살아가는 G세대의 젊은이들도 절박하게 느껴야 할 구절이다. 자기의 생일은 어머니의 산고(産苦)가 있었던 날이기에 평생 자기 생일상을 마다했다는 장제스(蔣介石) 중화민국 총통의 효행도 곰곰이 생각해볼 필요가 있다.

탈무드에 가족의 소중함을 일깨우는 다음과 같은 일화도 전해진다.

어떤 아버지가 랍비에게 와서 자신의 아이는 둘이지만 어떤 아이가 자신의 아이인지 모르겠다며 진짜 아들을 찾아달라고 애원한다. 자신은 이제 곧 죽을 텐데 유산을 진짜 아들에게 주고 싶다는 부탁이었다. 외모로 봐선 판단을 할 수 없던 랍비는 아버지가 죽고 나서 아들 둘을 데리고 아버지의 무덤으로 간다. 아들 둘에게 막대기를 주고 아버지의 무덤을 파헤치라고 명하자 그때 한 아들은 시키는 대로 무덤을 파헤쳤고 다른 아들은 절대로 그럴 수 없다며 하지 않았다.

어떤 아들이 진짜 아들인지는 이미 독자들께서 짐작하셨을 거라 믿는다. 랍비의 현명한 판단도 중요하지만 가족은 보이지 않는 그 무엇과 끈끈하게 연결되어 있다고 암시하는 일화가 아닌가?

유대인의 정신문화를 이끌어온 탈무드(Talmud)에서는 어머니를 신격화하며 우리에게 효가 무엇인지를 암시하고 있다. 그 탈무드에서 이 세상의 모든 가정에 신을 보낼 수 없기에 대신 보냈다는 그분. 어머니. 요즘 어머니의 몸이 많이 편찮으시다. 그래서일까? 이제야 어머니의 모습이 오롯이 내게 다가온다. 불효도 이런 불효가 없다. 이제야 자식은 효도하고자 하는데 부모는 기다려주지 않으면 어찌하란 말인가? 평생토록 어머니의 잔소리를 들으며 살 수는 없을까?

'학생들에게 네가 효도를 말할 수는 없다.'고 자책하면 할수록 가슴이 아프다.

어머니

어머니가 돌아가신 지 이제 12년이 지났다. 아마 그해 아이들에게 한 졸업 식사$^{(式辭)}$도 편찮은 어머니를 생각하며 잘 모시지 못하는 아쉬움을 전하고자 했던 게 아닌가 하는 생각이 든다. 그리고 1년여 뒤인 2011년 4월 20일, 어머니는 당신의 뜨락에 봄기운을 가득 채워 놓고는 자연으로 돌아가셨다. 큰손자 결혼식을 끝낸 지 3일 만이었다. 예식장에 참석하지는 못했지만 손자의 결혼식을 잘 치를 수 있도록 끝까지 이승의 끈을 놓지 못했으리라.

법정의 마지막
소유(所有)

　　　　　　　　어린 왕자와 봄에 피어나는 찬란
한 들꽃들을 좋아했던 법정 스님. 물질에 집착해야 하고 명
예와 권세에 집착해야만 살아남는다는 생각을 가진 세인들
에게도 법정 스님의 입적은 매우 큰 슬픔이었을 것이다. 마
치 위안을 삼고 살아가는 마을의 거대한 당산나무가 잘려 나
가는 아픔과도 같았을지 모른다. 그분의 입적이 잊혀져 가는
이즈음 난 또다시 법정을 생각한다.

　그래서 생떽쥐베리의 《어린 왕자》를 다시 읽었다. 바로
30여 년 전에 쓰여진 《무소유》에 나온 어린 왕자를 다시 찾
아봐야겠다는 생각에서이다.

　스님이 그토록 사랑했던 책이 아닌가? 이 동화에 감흥을

받지 않는 사람에게서는 신뢰감과 친화력을 느낄 수 없었다고 실토한 책이었기에 감흥이 되살아날지 조바심을 앞세우며 다시 읽었다.

어린 왕자와의 두 번째 만남에도 나는 큰 울림이 없었다. 감성적이지 못한 어른들에게 우리가 살아가면서 잃어버리고 있는 것, 우리가 배워야 할 것들을 일깨워준다는 정도의 다소 국어 선생의 느낌으로만 다가왔다. 아쉬웠다. 항상 숫자와 계산으로만 일관해온 내 마음에 정녕 빈 껍데기가 자리하고 있단 말인가?

각박한 삶에 동화되어 살아온 지가 얼마인데 그런 감흥이 남아있을까? 부끄러웠고 스님의 죽비를 맞은 듯 혼미했다.

필시 마음으로 읽지 못한 나의 미천한 독서력에 기인하지 않았나 하는 느낌마저 들었다. 하지만 난 분명히 마음으로 느낀 것이 있었다. 살며시 본 것도 있었다. 법정은 평생 무소유를 실천했지만 분명 한 가지는 소유하고 돌아갔다고.

그건 바로 어린 왕자다. 스님은 《무소유》에서 육신을 버린 후에는 훨훨 날아서 가고 싶은 곳이 꼭 한 군데 있다고 했다. 의자의 위치만 옮겨놓으면 하루에도 해 지는 광경을 몇 번이고 볼 수 있다는 아주 작은 별나라를 가고 싶다고 했다.

그곳이 어디인가? 바로 어린 왕자가 사는 작은 소행성이 아닌가?

지금 법정 스님은 어디쯤 가고 계실까? 소행성 어느 작은 별에서 벌써 어린 왕자를 만났을까? 평생에 즐겨 읽던 동화 책마저 아침마다 신문을 배달해주던 그 꼬마에게 주고 싶다는 말을 남기고 홀연히 떠나간 법정 스님. 평생 무소유를 실천하면서 마지막까지도 모두 버리고 떠나간 스님은 새털처럼 가벼운 마음으로 먼 길을 가고 계실 것이다. 중요한 건 눈에 보이지 않는다고 했다. 디지털 시대를 살아가는 이 시대의 중생들은 눈에 보이는 더 많은 것들에 집착하느라고 정신이 없다. 아, 어쩌랴? 눈에 보이지 않는 그 무엇을 찾아 살아가려는 아이들이 많은 세상이 법정과 어린 왕자가 바라는 세상이 아닐까?

어린 왕자가 일곱 번째 별 지구에 나타났다가 스르르 사라져간 아프리카의 봄은 지금 어떤 모습일지 궁금하기도 하다. 그곳에 가고 싶다. 그리고 별 아래 잠시 멈춰서서 서두르지 않고 사막에서 별을 응시하고 싶다. 어쩜 그곳에서 어린 왕자를 품에 안은 법정 스님의 미소를 볼 수 있을지 누가 아는가? 내 마음 안에 있는 상처 입은 아이를 보듬어 안아보고 그 아이가 사랑스러운 눈빛을 반짝거릴 때 법정과 어린 왕자가 여러분 곁으로 살며시 걸어올지도 모를 일이기에 하는 말이다. 마음의 눈이 절실히 필요한 지금이다.

낮에는 학교, 저녁에는 학원에 다니고 무한 경쟁에 시달리다 보니 어린 나이에 어른이 되어버린 세상, 이 시대의 어린이들은 어디에서 찾을 수 있을까? 빨리 어른이 되기를 갈망하는 사회는 진정 법정이 바라는 그런 사회는 아닐 것이기에 다 같이 생각해볼 일이다.

그 작은 행성에 이젠 한 그루의 장미와 어린 왕자만 있는 게 아닐 것이다. 필시 법정이 어린 왕자를 안고 앉아 계실 것이 틀림없다. 이제 스님이 그토록 좋아했던 봄꽃들이 스러지고 진초록의 계절이다. 이 계절에 명예와 소유욕을 벗어버리고 어린 왕자를 만나 봄은 어떨까?

잠시 깊은 집착과 일상을 잊고 밤하늘의 별들을 천천히 바라보자.

진정 집착을 벗고 마음으로 별을 바라본다면 여러분은 어린이가 될 것이다. 그리고 어느 작은 소행성에서 어린 왕자를 품은 법정이 여러분에게 살며시 미소 짓는 모습을 볼 수 있는 행운도 얻게 될지 모른다.

어린 왕자의 감성적인 마음과 풍부한 상상력으로 가득 찬 세상, 진정 법정이 꿈꾸는 행복한 세상이 아니겠는가?

법정의 마지막 소유(所有)

마음의 눈이란 것도 있어? 그럼, 우리 사람한테는 수많은 마음의 눈이 있고 창문이 있단다. 정채봉 중편 동화 《오세암》에 나오는 설정 스님과 길손이의 대화 일부이다. 순수한 영혼을 가진 아이라는 것을 알아차린 설정은 길손이에게 마음의 눈을 뜰 수 있도록 다독여 준다. 난 교원이 되기 전까지는 교과서에 나온 이야기 외에 어떤 문학작품도 읽은 기억이 없다. 부끄럽긴 하지만 교원이 되고 오세암을 읽은 후 나노 문학에 마음의 눈을 조금 떴다고 감히 말씀드린다. 감동이 컸기 때문이다. 법정과 어린 왕자, 길손이와 설정 스님, 모두 순수한 동심(童心)을 지닌 사람들이다. 결국 마음의 눈을 뜨려면 동심을 잃지 말아야 한다. 노인들도 동심을 잃지 않고 마음의 눈을 뜬다면 그때 작은 소행성에서 어린 왕자를 안은 법정도 볼 수 있고 하늘 뒤란에서 뛰노는 길손이와 설정 스님 모습도 보일지 모르기에 하는 말이다. 모두가 동심을 잃지 않고 살아갈 수 있다면 얼마나 좋을까 하는 마음 간절하다.

사색지원(思索之苑)

지난주까지 제주 관광객이 400만 명을 넘어섰다는 얘기가 나온다. 어림잡아 하루에 3만 명 정도가 제주에 상주했다는 계산이 나오니 놀라울 따름이다. 검은오름 용암 동굴계를 비롯한 세계자연유산이 산재한 제주가 이제야 그 빛을 발하는 것 같다.

이젠 우리 모두가 제주 관광의 미래를 고민해야 할 때이다. 그 첫 프로젝트가 제주특별자치도관광협회와 제주특별자치도교육청이 협약한 관광 교육 공동연구이다. 참으로 잘된 일이며 시의적절(時宜適切)한 일이다. 이에 따라 우리 학교가 올해 제주 최초로 관광 교육 시범학교로 선정되어 최근 제주특별자치도관광협회와 관광 교육 업무협약을 체결하였다.

협약식이 끝난 후 협회장님을 비롯한 우리 일행은 학교 인근에 있는 '생각하는 정원'으로 옮겨 관계자들끼리 오찬을 함께했다. 오찬이 거의 끝나갈 무렵 허름한 갈옷 차림의 한 노인이 우리를 찾아와 인사를 했다. 나무를 손질하다 우리 일행을 맞기 위해 찾아온 S원장이었다. 자연스레 우리의 화두는 제주 관광의 현재와 미래로 옮겨왔다.

그가 제공한 진한 유자차의 향을 음미하면서 많은 생각을 하게 하는 시간이었다. 이제 성공한 CEO의 경지에 오른 그가 아닌가? 하지만 그가 우리 일행에게 보여주는 겸손과 배려의 마음은 40여 년 넘게 척박한 땅을 일구고 수석(樹石)과 농고농락하면서 얻은 지혜임에 틀림없다. 그렇다. 그는 분명 어렵고 힘들 때마다 제주의 돌과 나무와 대화를 했을 것이다. 아무도 가지 않는 길을 혼자 걸으면서 얼마나 많은 땀과 눈물을 쏟았을까? 그런 땀과 눈물 열정과 도전정신이 있었기에 제주에 분재예술이 탄생된 것은 아닌가 하는 생각이 든다.

1995년 장쩌민(江澤民)이 이곳을 다녀간 후 중국 고위 관리들에게 한 농부의 개척정신과 도전정신을 배워오라고 한 건 무얼 말함인가? 대국의 지도자답게 문화와 예술을 바라보는 마인드가 사뭇 경이롭기까지 하다.

요즘은 끊임없이 새로운 트렌드를 제시해야만 하는 세상이다. 역발상의 마인드도 필요하다. 우리 젊은이들도 뚜렷한 목표를 가지고 성공한 CEO들처럼 아무도 가지 않는 길을 어렵게 개척해 나가는 도전정신을 가졌으면 좋겠다. 힘들어도 쉽게 포기하거나 좌절하지 않고 노력할 때 성공의 문은 열릴 것이기에 하는 말이다.

입구까지 나오며 S원장이 연신 허리를 굽힌다.

한 해 제주 관광객 천만 명 방문이 멀지 않았다는 계산이고 보면 관광객 천만의 시대를 이끌 제주인의 아이콘을 한 노인의 개척정신과 도전정신에서 찾아보면 어떨까 하는 생각을 해본다.

격세지감이다. 한 해 관광객 천만 명이 꿈으로 생각되었던 때 쓰여진 글이라 시의적절해 보이지는 않지만 15년 전 제주의 관광객 추이를 보여주는 칼럼이라 수정 없이 그대로 편집했다. 생각하는 정원 인근 학교에서 근무할 당시 성공한 CEO임에도 불구하고 S원장이 보여준 겸손과 배려에 감탄했고 그의 소박함에도 놀란 적이 있었다. 지금은 꿈으로만 여겨졌던 관광객 천만 명을 넘어 2천만 명을 상회하고 있다. 상상을 초월한 숫자이다. 이젠 방문 관광객 숫자가 아니라 관광객 총량제를 검토해 볼 시점이 아닌가 생각된다.

아라홍련(阿羅紅蓮)

여름에 뿜어내던 그 싱싱함과 진초록의 물결은 다 어디로 갔을까. 이제 제주의 온 산야가 은색의 물결로 출렁거린다. 억새들도 겨울을 준비함이니 이제 더 새롭고 튼실한 생명체를 잉태하고자 하는 자연의 몸부림을 보는 게 아닐까? 한라산 자락을 타고 내려오는 오색 단풍의 물결도 이제 곧 스러지고 나면 겨울이다. 자연의 섭리가 이러할진대 이 가을 나는 자연의 섭리(攝理)에 거스르는 삶을 살 순 없을까(?) 하는 다소 황당한 생각에 잠기게 된다. 모든 것이 떠나는 이 계절에 우리네 인생 항로를 끝내는 부고(訃告)를 자주 접하기 때문이다. 안타깝게도 요절(夭折)에 가까운 부고도 있고 백수를 살며 온갖 부귀영화를 다 누렸을 법한 호상도 접한다.

오늘도 우리 마을 인근은 대형 장례식장에 오는 조문객들 차량 행렬 때문에 좁은 농로가 북새통이다. 우리가 살아가는 오늘은 어제 죽은 이가 그토록 살고 싶어 하던 내일이 아니던가? 그래서 조의를 표하려는 행렬인데 퇴근길이 막힌다고 짜증만 내지 말고 겸허할 일이다. 그렇다. 요절했든 백수를 누리든 인간은 좀 더 살고 싶은 게 본능이다. 그러나 어쩌랴? 떨어져야 하는 게 자연의 섭리다. 진초록의 싱싱함으로 여름을 살던 저 낙엽들을 보라. 스스럼없이 떠나고 있지 않은가? 그 자리를 비워주고 있지 않은가?

모두가 떠나는 이 계절에 왜 나는 아라홍련이 생각나는지 모르겠다.

진초록의 싱싱함이 넘쳐나던 지난여름, 700년 만에 꽃을 피운 고려 시대 연꽃. 바로 아라홍련이다. 경남 함안군 성산산성의 옛 지명을 따라 아라홍련이라 이름을 붙인 이 연꽃은 발견된 10개의 씨앗 중 3개가 꽃을 피워올렸다고 한다. 은은하고 부드러운 그 자태가 영락없이 고려 시대 탱화 속 그 모습이었다니 난 직접 보지는 못했지만 타임머신을 타고 고려 시대로 회귀한 듯한 환상에 빠졌었다.

700년 전 고려 시대 씨앗이 어떻게 오랜 시간 땅속에서 견뎌냈을까? 생명의 힘이 정말 놀랍다. 씨앗은 종자 스스로 발아 여건을 갖췄다고 해도 주변 여건이 부적당하면 종자 상태 그대로 남을 수 있다고 한다. 참으로 신기하고 경이롭기까지 하다. 우리네 삶과 인생도 이러하면 좋겠다는 생각을 하게 된다. 병마와 싸우며 힘든 삶을 움켜쥐고 살아가는 많은 이웃들이 고통스럽고 힘들 때 휴면 상태로 남아 좋은 시절을 기다릴 수 있다면 좋겠다는 생각 말이다. 현세의 힘든 삶을 접고 한 백 년 후 아름답게 환생할 수 있다면 얼마나 좋을까?

내일 퇴근길은 마을 인근 장례식장이 텅텅 비었으면 좋겠다. 떠날 때 떠나더라도 좀 더 아름답게 훌훌 털고 떠날 수 있는 시간이 우리에게 많이 주어졌으면 좋겠다.

이 가을 나는 어떤 씨앗으로 살아가고 있을까를 생각해 볼 일이다. 아라홍련의 튼실한 씨앗이 700년의 긴 세월을 견뎌냈듯 우리네 현실이 고통스럽더라도 오랜 세월 견딜 수 있는 튼실한 씨앗으로 살아가야 하지 않을까?

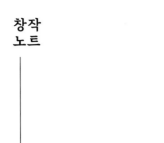

창작
노트

아라홍련(阿羅紅蓮)

    700년 전 고려 시대 씨앗이 꽃을 피워 올렸다니 놀라지 않을 수가 있

겠는가? 이 기사를 읽는 순간 난 질병의 고통 속에서 하루하루 생(生)을 이

어가는 내 주변 사람들을 생각했다. 살아있는 생명은 반드시 멸(滅)하게 되

지만 조금이라도 생의 끈을 붙잡고 싶은 게 인간의 마음이다. 우리네 인생도

멸의 순간 잠시 고통을 내려놓았다가 700년 만에 다시 찬란하게 환생할 수

있다면 얼마나 좋을까?

민달팽이의
사랑

벌써 세밑이다. 물끄러미 한 장 남
은 달력을 들여다본다. 되돌아보지만 아쉬움만 남는 건 어인
일일까? 나와 내 가족, 주변의 이웃들과 함께하지 못한 회한
(悔恨)과 아쉬움이 너무 크기 때문은 아닐까?

우리들의 가슴을 유난히 아프게 했던 한 해. 인류를 저버
린 사건 때문에 더 가슴을 아리게 하는 2010년 경인년(庚寅年)
이 가고 있다.

게임을 그만하라고 나무라는 어머니를 살해한 두세 건의
패륜과 온라인 게임에 몰두하며 3개월 된 젖먹이를 굶겨 죽
인 젊은 엄마도 있었다. 바로 엊그제는 여자친구를 못 사귀
게 한다고 친조부모를 흉기로 살해한 손자도 있어 너무나 충

격적이었다. 한 해를 보내며 참으로 안타까운 마음이다. 이러한 해괴한 사건들의 근저는 물질 만능 시대를 살아가는 군상들의 아노미$^{(anomie)}$ 현상과도 무관치 않으며 영상매체의 선정성과 폭력성, 인명을 경시하는 인터넷 게임 중독에 기인한다고도 볼 수 있다.

현실과 가상 세계를 구분 못 하는 우리 사회의 도덕적 해이가 극에 달했다는 느낌이다. 섬뜩하다. 참으로 동물만도 못한 게 정녕 인간이란 말인가?

최근에 나는 만물의 영장$^{(靈長)}$이라고 하는 인간들보다 미물인 동물들이 훨씬 낫다는 것을 눈으로 똑똑히 확인한 적이 있었다. 햇볕 좋은 지난달 하순이었다. 습기를 찾아 우리 학교 우천 도로를 건너던 민달팽이 한 마리가 죽어 있는 모습을 발견했다. 지금도 그 흔적이 남아 있지만 복족류$^{(腹足類)}$에 속하는 이 녀석은 내가 어릴 적부터 무척 징그럽게 여기던 동물이었다. 농작물에 피해를 주는 해롭고 징그러운 동물. 우리 학생들도 징그럽게 생각됐는지 쓸어버리지 못한 채 며칠이 지난 어느 날이었다. 다시 한 마리가 그 위에 포개져 있었다. 또 로드킬$^{(road\ kill)}$을 당했구나 생각하며 살펴봤는데 그 녀석은 죽은 게 아니었다. 그 위에 포개져 움직이지 않을 뿐이었다. 발걸음을 옮길 수 없어 한참을 지켜보았다. 더듬이를 접은 채 미동도 하지 않는다. 속으로 처절한 슬픔을 삼키며 속울음을 우는 게 틀림없었다.

그리고 일주일 후 난 그 광경을 다시 목격했다. 이건 필시 죽은 그 달팽이의 가족임이 분명하다. 부부인지 형제자매간인지 가족관계는 알 수 없다. 하지만 죽은 이를 위해 며칠에 한 번씩 찾아와 속울음을 울고 가는 그 처절한 사랑을 나는 확인했다.

눈물겹다. 민달팽이의 사랑과 죽음이 정말 내 가슴에 큰 울림으로 남았다.

과연 누가 이 미물을 인간보다 못하다고 말할 수 있는가?

패륜 범죄와 인명 경시 풍조로 물든 경인년 가는 해에 인간들은 동물들의 이 처절한 사랑을 배웠으면 한다. 그 사랑이 신묘년(辛卯年) 새해에는 들불처럼 온 누리에 번져 메마른 범인(凡人)들의 가슴을 촉촉이 적셨으면 하는 바람이다.

민달팽이의 사랑

개만도 못한 인간이라는 비속어를 난 사실로 믿는 사람이다. 아니, 개는 가축에서 제외하려는 움직임과 함께 인격체로 대우받는 세상이니 차치하고라도 미물인 민달팽이만도 못한 인간들이 넘쳐나는 세상이다. 정말 안타깝다. 생물들의 생태를 쪼그려 앉아 자세히 들여다보라. 인간보다 훨씬 낫다. 닭장에 지네 한 마리를 넣어준 일이 있다. 수탉이 먼저 달려들어 먹는 척만 하다가 먹기 좋은 상태가 됐을 때 암탉에게 넘겨주는 장면을 목격한 적이 있다. 먹는 척만 하다가 제 식구를 배려하는 모습이라니 얼마나 아름다운가? 콘크리트 속 척박한 환경에서 살아남기 위해 어린 봉숭아가 미리 꽃을 피우는가 하면 어린 고추 묘(苗)가 자기보다 큰 고추를 단 모습도 목격한 적이 있다. 척박한 환경에서는 살 수 없음을 인지하고 빨리 종자를 퍼뜨리려는 처절한 몸부림이리라.

팝페라 테너
임형주

설 연휴 전 어느 날로 기억된다. 날씨는 추웠지만 젊은 지인들과 나이 지긋한 중장년들이 함께 식사할 기회가 있었다. 그 자리에서 아이돌 그룹 얘기로 화제가 이어지길래 핀잔을 한 일이 있다. 어른들 앞에서 자기들끼리만 얘기하는 게 못마땅했던 것 같다. 나이가 들수록 말은 줄이고 귀를 많이 열라고 하지 않는가? 노인의 훈수는 모임의 분위기를 망치고 사람들을 지치게 만든다는 걸 잘 알면서도 불쾌하게 마신 약주 탓으로 돌릴 수밖에 없었다.

집에 와서 많이 후회했다. 좀 더 참을 걸 그리고 그들 대화에 호응을 하면서 같이 대화를 이어갔다면 하는 아쉬움이 밀려왔다. 세대 차이를 극복하지 못하고 그들과 소통하지 못했던 것이 지금도 가슴이 아프다.

사실 그렇다.

지금도 내 자동차 안에는 20년이 넘은 칸초네와 샹송 테이프들로 가득하다. 언제 들어도 감미롭고 마음이 따뜻하다. 기타의 느린 연주가 옛 추억을 회상하게 하는 '안개 낀 밤의 데이트'라든가 밀바의 '눈물 속에 피는 꽃', '추억의 쏘렌자라', 에디트 피아프의 샹송 '사랑의 찬가', '빠담빠담' 등은 언제 들어도 좋다. 그래서 늘 듣는다. 요즘에 와선 한 지인이 선물한 유키 구라모토의 피아노곡도 듣는다. 이렇게 음악을 즐기는 내가 요즘 떼거리로 나와 부르는 아이들인지 아이돌인지 그늘이 부르는 노래는 도무지 음악처럼 다가오지 않으니 이를 어쩌란 말인가?

그렇다고 샹송, 칸초네만 좋아하는 건 아니다. 요즘 오페라와 팝송을 접목한 팝페라에도 난 푹 빠져들고 있다. 20대 초반의 미소년이자 팝페라 테너 임형주 때문이다. 이쯤 되면 누가 날 보고 구세대라 할 것이며 현대 음악에 문외한(門外漢)이라고 할 것인가?

아이돌 그룹을 좋아하는 젊은이들에게 당부하고 싶다. "내 영혼이 힘들고 지칠 때/ 나의 마음을 무겁게 할 때/ 나는 여기에서 고요히 당신을 기다립니다/ 당신이 나를 일으켜 주시기에/ 폭풍의 바다도 건널 수 있다"고 노래한 임형주의 유레이즈미업^(you raise me up)을 들어보시라고. 아일랜드에서 시작된 이 노래는 너무 유명해서 다 아시겠지만 우리나라뿐만 아니라 세계 여러 나라에서 번안^(飜案)돼서 사랑받고 있는 노래이다. 여러 유명 가수가 불렀지만 나는 팝페라 테너 임형주가 부르는 것이 좋다. 꿈의 무대라고 불리는 뉴욕 카네기홀에서 공연을 끝내고 공연수익금 전액을 장학금으로 쾌척한 미^(美)소년 임형주. 그는 지금도 공부를 계속하는 중이란다. 세계 정상의 팝페라 테너이면서도 살아남기 위해 공부를 더 하겠다는 그의 겸손함도 정상급이다.

즉흥적이고 자극적인 노래와 몸짓에만 열광하는 세상인 걸 모르고 그 추운 날 훈훈한 얘기를 들려주지 못할망정 젊은이들에게 핀잔을 했던 내 자신이 미워진다. 하지만 난 여전히 팝페라 테너 임형주가 나의 아이돌^(idol)이다. 봄이 오기 전에 내 자동차에 팝페라 테이프도 한 장 더 준비해야겠다.

　　세상이 변하고 있다. 아니, 변했다. 큰 흐름을 알고 파도를 타듯 살아야 순조롭게 살아남을 수 있음에도 불구하고 파도를 밀고 나아가려 했으니 얼마나 어리석은 일인가? 파도를 밀고 가려는 자, 반드시 세파에 밀려 익사하고 말 것이라는 사실을 이제야 조금은 실감하는 것 같다. 하지만 여전히 샹송과 칸초네가 듣기 좋고 팝페라 테너가 부르는 'you raise me up' 이 좋은 걸 어쩌랴.

봄날은
간다

바람이 차다. 정녕 춘래불사춘(春
來不似春)이란 말인가? 봄 같지 않은 날씨이지만 봄꽃들은 거
스름이 없다. 때에 맞춰 피고 지기를 반복한다. 2월 초입에
모습을 드러냈던 매화가 잎을 내민 지 오래고 이젠 벚꽃이
꽃비가 되어 내리는데도 바람은 여전히 겨울의 끝자락을 붙
잡고 서 있다. 봄이 아닌 것 같다. 봄이 되어도 아이들은 봄
을 볼 수가 없고 마음대로 들판을 내달리지도 못하는 세상이
되었으니 하는 말이다.

며칠 전에 방사능 비가 바람과 함께 온 섬을 적셨던 일이
있다. 인체에 해롭지 않을 만큼의 극소량이 검출되었다고는
하지만 이 봄날 청정 제주의 하늘에서 꽃비가 아니고 방사능

비가 내렸다. 학생들에게 중무장(?)을 지시해야만 했다. 등교를 하는 학생들은 거의 모두 마스크를 하고 우산을 쥐고 있었다. 거리엔 인적(人跡)이 끊기고 괴괴하다. 선생님들의 지도에 잘 따르는 우리 아이들이 어쩐지 애처롭게 느껴졌다.

자연 파괴와 풍요로운 물질문명이 가져다준 것은 정녕 재앙이란 말인가? 봄이 와도 아이들이 봄을 볼 수 없다니, 마음 놓고 들판을 내달릴 수 없다니 이게 어인 일인가? 정말 안타깝기 그지없다.

내가 어릴 적엔 들로 산으로 쏘다니며 이 봄날을 만끽했었고 맘껏 비를 맞았다. 찔레꽃잎을 따먹어도 좋았고 온 동네 아이들이 행복했다. 복숭아꽃, 살구꽃, 앵두꽃잎은 장독대에 날아들어 열어놓은 간장독에 내려앉아 봄을 노래했으며 장독대 너머 우영팟(텃밭)엔 봄꽃들이 지천으로 피어났다.

장독대 가장자리에 피고 지던 하얀 앵두꽃, 복숭아꽃, 그 꽃들이 지고 6월이 되어 농염하게 익어 빠알간 속살을 아낌없이 내주던 그 붉은 앵두. 그 상큼하고 새콤달콤한 맛은 지금도 내 혀끝에 남아있다. 가난했지만 행복했던 그 시절이 아스라이 내 기억 저편에서 파노라마(panorama)가 된다.

어슬녘 밭에서 돌아온 할머니는 저녁때가 되면 나한테 된장을 퍼오게 하거나 간장을 떠오게 했다. 그냥 뚜껑을 열어 두어도 비가 내려도 그렇게 큰 걱정을 하지 않았다. 꽃잎을 후후 불며 간장, 된장을 퍼오고 먹으면 그만이었다.

하지만 요즘은 장독대를 대신하는 냉장고에 먹거리가 잔뜩 들어있지만 안심하고 먹을 수 있는 게 정말 아무것도 없다. 하늘에서 내리는 방사능 비만이 아니라 산천에 온통 위험물질이 산재하고 있으니 무얼 마음대로 먹고 아이들은 어디 마음대로 들판을 내달릴 수가 있겠는가?

물질문명이 발달하면서 사라진 장독대를 이젠 냉장고가 대신하고 있다. 그러나 싸늘한 냉기뿐인 냉장고에선 장독대에 내려앉았던 그 봄꽃들의 그윽한 향기가 나지 않는다. 이젠 기억 저편으로 사라지는 아스라한 어릴 적 봄날이 그리워지는 오늘, 내 인생의 봄날도 가고 있다.

봄날은 간다

　　코로나19는 아직도 진행 중이다. 10여 년 전에는 방사능 비가 이슈였

었는데 지금은 각종 바이러스와 미세 먼지가 우리를 괴롭히고 있으니 이를

어쩌랴! 그래도 기성세대는 어릴 적 좋은 자연환경을 누려봤으니 됐지만 지

금을 살아가는 우리 아이들만 불쌍하다. 무분별한 개발로 생태계가 파괴되

자 기상 이변도 속출한다. 온난화와 이상기온으로 봄도 사라졌다. 생태계가

파괴된 자리는 인간이 차지했지만 살 수 있다고 생각하는가? 아니다. 동식

물의 서식지가 사라지고 개발로 물질문명이 발달하면 할수록 인간도 신종

바이러스와 질병에 의해 죽어 나갈 수밖에 없다.

그대, 샤넬과
벤츠를 꿈꾸는가?

사법고시 합격을 축하하는 광고가 신문마다 지면을 가득 채운다. 종친회, 가족 동문회, 친목회 능이 앞다투어 축하 광고를 해주고 있어서이다. 외가 친가 일동은 물론 아버지 직장동료 일동, 어머니 갑장 회원 일동 등 축하해주는 주체도 다양하다. 심지어 외조부모 따로 외삼촌 따로 다 광고에 싣다 보니 축하 광고를 해주지 못한 친인척들과 친목 단체들은 심각한 고민에 빠질 수밖에 없을 것 같다는 생각이 든다.

정말 축하할 일은 맞지만 참으로 가관이다.

혈연 지연 학연 중심의 제주 사회에서는 일 년 내내 각종 축하 광고가 이어지지만 유독 이 시기에 더 북새통을 이루며 지방신문에 큰 기쁨(?)을 주고 있는 현실은 무얼 말함인가?

아직도 우리 사회 구조에서 상류사회로 도약하는 길은 고시밖에 없다는 얘기다. 합격만 하면 그야말로 팔자를 고친다. 판검사 변호사가 되면 자유롭게 상류사회와 교류하며 그들만의 세계를 구축하고 부($富$)도 자연스레 축적되기 때문이다.

20여 년 전 우리 사회에 큰 파문을 던졌던 탈주범들이 한 말이 떠오른다. '유전무죄 무전유죄' 기백만 원을 절도한 자기들의 형량이 수백억을 횡령한 사회 지도층 인사의 형량에 비해 더 많아 탈옥했다는 그들이 던진 한마디는 정말 충격이었다.

이 말은 명언이 되었다. 금전 때문에 두 번 우는 서민이 많은 대한민국 사회가 공감했기 때문이었다. 이 말은 20여 년이 지난 지금도 맞는 것 같아 씁쓸할 뿐이다. 공정한 사회는 정말 요원한 이상일까?

요즘은 벤츠 여검사 사건이 사회 이슈로 떠올랐다. 점점 의혹이 불거지다 보니 급기야 특임검사를 임명했다고 한다. 문자메시지를 보내고 벤츠, 샤넬 가방을 선물로 주고받으며 놀아난 변호사와 여검사 사건에서 국민의 불신을 없애고 진실을 밝혀보겠다는 의지다. 유유상종, 가재는 게 편인데 무엇을 밝혀내겠다고 특임검사를 임명했다는 얘긴지 지나가던 개도 웃을 일이다.

그래서 우리는 오늘 축하 광고에 실린 젊고 총명한 이 젊은이들을 바라보며 우리나라 사법제도 개혁의 중심에 서길 바라고 있는지도 모르겠다.

다른 젊은이들이 밤거리를 배회하며 청춘을 예찬할 때 그들은 차디찬 독서실에서 좁은 고시촌에서 또는 자취방에서 배고픔과 졸음을 참아가며 법학을 공부했을 것이다. 말 그대로 그들은 각고(刻苦)의 노력으로 오늘의 영광을 얻은 것이다. 그래서 고생 끝 행복 시작일지 모른다.

"먹고 싶을 때 먹지 못하고 자고 싶을 때 자지 못했던 젊음에서 행복은 유래"된다는 소설가 이외수 씨의 말처럼 그들은 인내하면서 큰 결실을 거뒀으니 축하받아 마땅하지만 그들에게 따뜻한 조언도 해줬으면 하는 바람이 있다.

'정의의 여신' 디케(Dike)를 생각하며 빈부에 상관없이 공정한 판결로 정의가 살아있음을 증명해줘야 할 책무가 그대들에게 주어졌음을 명심하라고 말이다. 또한 샤넬과 벤츠를 꿈꾸지 말고 사회 정의와 서민들의 행복을 꿈꾸는 법관이 되라고 다독여 주는 건 어떨까? 합격의 영광을 차지한 모든 젊은이들에게 축하의 박수를 보낸다.

그대, 샤넬과 벤츠를 꿈꾸는가?

상류사회란 어떤 사회를 말함일까? 생각하는 관점에 따라 다르겠지만 자본주의 국가인 우리나라에서 상류사회란 많은 부(富)를 축적해 여유로운 생활을 영위할 수 있는 집단을 의미하지 않을까? 과거에는 사법고시 합격자가 서민층에서도 나와 그야말로 개천에서 용도 났었고 단번에 신분을 상승시키며 상류사회로의 도약을 예고해 부러움을 사기도 했었다. 하지만 이것도 옛말이다. 요즘은 상류사회 부유층 자녀들이 각종 국가고시도 싹쓸이한다는 소식이니 씁쓸하기 그지없다. 그래서일까? 정의의 여신 디케도 죽었고 법조인들도 죽은 사회, 공정한 판결을 기대할 수 없는 사회로 변하고 말았다. 유전무죄 무전유죄가 맞는 세상이다.

출판기념회

　　새해 벽두에 좋은 수필집 한 권을 선물받았다. 글을 참 잘 쓰는 여류수필가 K선생이 보내준 명상 수필집이다. 반가웠다. 좋은 글을 많이 쓰는 작가라서 난 이분을 진짜(?) 문인이라 생각하고 있다. 그런데 요즘은 가짜(?) 문인들이 더 책을 많이 출판하는 세상이 되었으니 이 어인 일인가? 수필집이니 자서전이니 하면서 글을 쓰고 출판기념회를 하는 정치인들이 넘쳐나고 있으니 하는 말이다.

　　왜 이렇게 문인이 되려는 사람이 많은지 모르겠다. 글을 쓴다는 건 고통이 따르는 힘든 과정인데도 불구하고 글을 쓰는 문인이 되려는 사람이 많은 건 옛날부터 문학하는 사람을 더 존중하고 우러러보았던 사회 풍토 때문이 아닌가 생각된다.

이러다 보니 문인이 되는 등단^(登壇)도 장사하는 시대가 되어버렸다. 영향력 있는 정치가들이 정치 지망생들에게 공천^(公薦) 장사로 떼돈 번 이야기는 많이 들었어도 등단 장사로 돈을 벌고 있다는 얘기는 일반인들은 잘 모른다. 요즘 대부분 문학지들은 일정 금액 이상의 책을 사 주는 조건으로 등단을 시키며 책 장사를 한다.

문학지가 팔리지 않으니 어쩌랴. 가짜 문인들이 많아지는 이유다.

얼마나 그럴싸한가? 시인, 소설가, 동화작가, 수필가라는 이름이 명함에 번듯하게 들어가고 여유롭게 사회생활을 하면서 문인 행세도 할 수 있으니 그깟 기백만 원쯤이야 아무것도 아닐 것이다. 먹고살기 힘든 세상에 누이 좋고 매부 좋은 일이고 도랑 치고 가재 잡는 격이다. 이 시간에도 퇴직한 공무원 출신 문인, 생활에 여유가 있는 주부 문인들이 수없이 배출되고 있다. 아무런 울림이 없는 잡문^(雜文)들이 이 사회에 함께 넘쳐나는 건 당연한 일이다.

여류수필가 K선생처럼 큰 감흥을 주는 글을 쓸 수 있는 문인들에겐 정말 죄송한 일이지만 현실이 그런 걸 어찌하랴? 고백하건대 이 글을 쓰는 필자도 과연 문인 자격이 있는지를 스스로 자책하는 사람이다. 제 자신도 독자들에게 글 빚을 지고 있으면서 뭐 묻은 개가 겨 묻은 개 나무라는 꼴이다. 스스로 옥죄는 것 같아 부끄럽기 그지없다.

그런데 요즘은 한술 더 떠서 정치인들까지 모두 문인이 되어버렸다.

4·11 총선 출마자들이 출판기념회를 열 수 있는 마지막 날까지 6개월간 정치인의 출판기념회는 하루에도 10여 건씩 성황을 이루면서 민초(民草)들 호주머니를 털어갔다고 하니 헛웃음이 나올 수밖에 더 있는가? 더구나 출판기념회 책값은 공식 후원금과는 달리 누구에게나 액수 제한 없이 받을 수 있기에 이권을 노리는 장사꾼들에게는 더없이 좋은 기회가 출판기념회이기 때문에 문전성시를 이루는 건 어쩌면 당연한 일이 아닌가? 정치자금을 모으는 수단으로 악용되고 있는 출판기념회, 과연 그들은 대필 작가가 써준 책에 어떤 내용이 실려 있는지 알기나 하는 걸까? 안타까울 뿐이다.

지난 6개월간 현역의원의 90% 이상이 수필집이니 자서전이니 하면서 출판기념회를 열었다고 하니까 대한민국의 문인들은 다 국회와 지방의회에 모여 있는 꼴이다. 문인들은 인기 작가가 아니면 거의 자비(自費) 출판으로 책을 내면서 독자와 소통하고 있는 게 현실인데 그들은 글이 밥(?)이 되고 있는 세상에 살고 있다. 부럽다. 글이 밥이 되지 못하고 늘 쪼들리며 살아가고 있는 문인들이 측은하다. 문인들 쓴 글이 밥이 되는 세상은 요원한 것일까?

출판기념회를 여는 정치인들에게 부탁해본다. 늘 쪼들리며 살아가고 있는 문인들을 생각하며 글이 밥이 되는 세상을 만들어달라고 말이다.

출판기념회

문인과 문학지가 넘쳐난다. 독일인은 3인이 모이면 정당을 만들고 한국인은 3인이 모이면 문학 동아리를 만든다는 우스갯소리가 있다. 신춘문예를 통해 등단(登壇)하려면 그야말로 각고(刻苦)의 노력이 필요했다. 등단도 쉽지 않았다. 하지만 이젠 신춘문예를 통해 등단할 필요조차 없다. 넘쳐나는 월간이나 계간 문학지에 자기가 쓴 글을 보내기만 하면 등단이라는 이름표를 달아주기 때문이다. 문인이 넘쳐나는 이유다. 이후 문학 잡지사 은혜에 보답하려면 자주 출간도 해줘야 한다. 출판사와 공존하면서 문인 타이틀(?)을 유지하려면 문인은 이래저래 여윳돈이 많아야 가능한 세상이다.

제2부

다시 동백은 피고 지는데

다시 동백은
피고 지는데

오늘은 제64주년 4·3 희생자 위령제가 봉행되는 날이다. 다시 4월이 왔다. 예순네 번째 4월이 돌아오건만 뭇 생명 모두가 숨죽였던 그 잔인한 무자년 4월에 도대체 이 섬에서는 무슨 일이 일어났단 말인가?

대통령까지 나서 무장대와 토벌대의 무력 충돌과 진압과정에서 국가권력에 의한 대규모 희생이 이루어졌음을 인정하고 유족과 제주도민에게 공식 사과문을 발표했는데도 불구하고 아직도 화해와 상생의 길은 요원하다.

누구의 말도 기록도 모두 편파적일 수밖에 없는 듯하다. 이 불편한 실체적 진실이 언제면 정사(正史)로 정립될 수 있을까? 지금도 끝나지 않은 이념 대립은 진실을 왜곡하며 자기중심적 해석이 될 수밖에 없다는 것이 안타깝다.

그해 이 섬에는 소개령(疎開令)이 내려졌다. 어스름 무렵 어린 동생을 업은 17세의 어린 소녀가 걸어가고 있었다. 중산간 마을 소개령에 따라 오등마을 ㄱ다시에서 해안마을 도남동으로 목숨을 부지하기 위해 고단한 걸음을 재촉하는 중이었다. 소 길마와 남의 마차엔 약간의 생필품이 실려 있었고 노모(老母)와 소녀가 그 뒤를 따르고 있었다. 도남동에 다다를 무렵 인파에 놀란 말이 날뛰는 바람에 마차가 뒤집혔고 마차 바퀴와 돌담 사이에 소녀의 다리도 깔려 버렸다. 다리가 짓이겨졌고 왼쪽 다리 뼈마디는 다 으스러졌다. 그리곤 그 상흔(傷痕)을 안고 63년 동안 절뚝거리며 질곡(桎梏)의 삶을 살다 자연으로 돌아갔다.

바로 나의 어머니시다.

나의 어머니 이화선 여사. 난 또다시 이 4월에 어머니를 생각한다. 어머니는 작년 설 명절날 아들 손자 며느리들 새해 인사를 받고 그날 저녁부턴 영면을 준비하셨다. 그리곤 3개월여에 걸친 투병 생활. 얼마나 힘들었으랴. 투병하면서도 손자가 결혼을 한다는 사실을 당신은 알고 있었으리라. 그래서일까? 어머니는 정신 줄을 놓지 않으셨고 결혼식을 마친 3일 후에 온 식구가 지켜보는 가운데 조용히 눈을 감았다.

내가 여덟 살 때 아버지를 여의어 어려운 삶 속에서도 4형제를 키워냈던 어머니는 최근 4·3 후유장애자 의료비 지원 대상자로 결정되었다.

약값이 들지 않는다고 그렇게 좋아하셨던 어머니를 그 혜택도 얼마 누리지 못하고 가시게 했으니 자식 된 도리를 다하지 못한 이 통한을 어찌 말로 다 표현할 수 있으랴? 이제 얼마 없어 1주기를 맞는다.

난 최근 어머니가 무자년 그해에 생필품을 소 길마와 마차에 싣고 내려왔던 그곳에 조그마한 텃밭을 하나 마련했다. 내가 어릴 적 어머니와 같이 무수히 다녔던 그 궁(宮)이라 내가 텃밭을 일굴 때마다 천상에서 빙그레 미소를 내릴 것만 같다.

당신이 관리하던 뜨락에 다시 동백은 피고 지는데 이젠 다시 볼 수 없는 당신. 이젠 4·3 영령이 되어 4·3 평화공원 위패 봉안실에 이름 석 자 남기고 가신 당신. 떠난 후에 지고 난 후에 가슴앓이와 회한(悔恨)이 무슨 소용이 있으랴만 이 4월에 다시 가슴으로 속삭여 본다.

'당신의 아들로 태어나게 해주셔서 고맙습니다.'

다시 동백은 피고 지는데

1주기를 맞으며 쓴 글이지만 12주기가 지난 지금도 자식의 도리를 다하지 못한 통한(痛恨)이 가슴에 남아있다. 불효부모사후회(不孝父母死後悔)로 늘 가슴을 치면서 살아왔지만 이젠 어머니를 놓아드리려고 한다. 필자도 어머니가 자연으로 돌아가신 나이가 될 날이 머지않았기 때문이다.

부모 교육에 대한
단상(斷想)

　　　　　　　오늘도 우리 학교 선생님들은 아
침부터 사제동행 독서와 자율학교 특성화 프로그램을 운영
하느라 바쁘게 움직인다. 아이들과 속삭이며 활동하는 모습
에서 초여름의 푸른 들판을 보는 듯 넉넉하다. 교육자의 참
모습들이다. 하지만 이를 어쩌랴? 본말이 전도된 교육을 할
수밖에 없는 오늘의 교육 현실이 안타깝기만 하다.

　학교폭력 예방교육과 학교폭력 실태 전수조사 등에 많은
시간을 할애해야 하기에 하는 말이다. 일간지에서 학교폭력
을 당한 학생 수가 많은 학교, 일진회가 존재하는 학교까지
보도하면서 학교폭력 문제가 마치 학교의 교육 부재와 교사
들의 방관에 있는 것처럼 왜곡하다 보니 그 피해는 고스란히

교사들 몫으로 돌아왔다.

어디서부터 잘못된 것일까?

진정 학교폭력 문제가 잘못된 제도권 교육에만 있는 것일까?

지난 일요일 대중탕에서 있었던 일이다.

온탕의 물이 다 식도록 아이들이 물을 튀기고 자맥질하면서 난장판을 만들고 있었다. 아무도 말리지 않길래 타이르며 몇 마디 말을 했더니 왜 잘 노는 아이들에게 훈계냐며 애들 아버지가 핏대를 세웠다. 난 터질 듯 끓어오르는 감정을 억눌러야만 했다. 진정하고 상황을 설명할수록 언성을 더 높인다. 그래도 아이들 생각을 먼저 하셔야 할 게 아니냐, 당신이 뭔데 왜 아이들을 기죽게 하느냐는 둥 독설까지 쏟아낸다. 분위기가 이쯤 돼도 내 편은 없었다. 사람들이 구경만 하는 것을 보고는 내가 먼저 꼬리를 내렸다. 더 험한 꼴을 당하기 전에 쓴웃음으로 마무리하며 온탕을 빠져나왔다.

한 소리 하지나 말걸. 후회했다.

이런 부모들이다 보니 아이가 잘못을 저질러 선생님에게 꾸중만 들어도 학교로 찾아와 난동을 부린다. 반장 안 시켜준다고 교사의 머리채를 잡고 10분 벌줬다고 교실에 들어와 우산으로 교사를 찌르는 세상이다. 이러니 아이들도 덩달아 폭력을 휘두르고 약한 친구를 괴롭히고 자기 부모들처럼 핏대를 세우며 교사에게 쌍욕을 해댄다.

유대인들을 보라. 그들은 배려와 철저한 근검절약을 가르치고 절제된 생활 모습을 부모 스스로 보여줌으로써 자립하게 했다. 세계적인 재벌 록펠러도 그랬다. 그는 자식들에게 재산은 물려주지 않았지만 대신 검소하고 절제된 생활을 몸에 익혀 스스로 살아갈 수 있도록 자립정신과 겸손을 가르쳤다. 또 한편으론 남을 배려하고 더불어 살아가게 하는 가정교육으로 세계적인 존경을 받고 있다.

지금 우리나라의 가정교육은 어떤가?

우리나라는 부모가 흔들리고 있다. 그러니 가정교육은 없고 덩달아 흔들리는 아이들은 학교폭력에서 배출구를 찾고 있다. 36년간 교육을 해온 나도 딱히 이들에게 내릴 처방이 마땅치 않다.

그러하나 이것만은 분명해 보인다.

그건 우리 조상들이 자식들을 엄하고 바르게 가르치려 했던 교자이의(敎子以義)의 정신을 되살려야 한다는 것이다. 남을 배려하고 겸손해야 하고 자기만 사는 세상이 아니라 더불어 사는 세상이라는 걸 터득하게 해야 한다. 대중탕에서 자맥질하고 난장판을 만들어서는 안 된다는 것도 가르쳐야 한다. 그건 부모라는 사람들이 해야 한다. 쉽지 않겠지만 부모가 엄하게 자녀 기본교육에 앞장설 때 학교폭력도 사라질 것이다.

대중탕에서의 일을 떠올리며 다시 부모 교육을 생각해보게 된다.

우이독경(牛耳讀經) 격인 아버지에게 끓어오르는 감정을 억누르며 내가 먼저 꼬리를 내린 건 아무리 생각해도 씁쓸한 일이다.

부모 교육에 대한 단상(斷想)

따뜻한 사회는 남을 위한 배려가 넘쳐날 때 이루어지지 않을까 생각한다. 공자도 "기소불욕, 물시어인(己所不欲, 勿施於人)"이라며 이해와 배려에 대한 가치와 타인에 대한 존중이 인간의 기본 도리라고 일갈했다. 2천 5백 년이 지났지만 틀린 말이 아니다. 자기 집 욕실에서야 자맥질을 하든 난장판을 만들든 누가 상관하랴? 하지만 다른 사람과 같이 이용하는 대중탕에서는 얘기가 달라진다. 쉽지 않겠지만 자식은 교자이의(教子以義)의 정신으로 가르쳐야 한다. 공중시설에선 남에게 피해를 주지 않을까 하는 조바심, 이타심(利他心)이 늘 먼저라는 사실이 몸에 배어 있어야 바른 인격체(人格體)로 성장할 수 있다.

참 좋은 나라
한국

난 출근할 때나 출장을 갈 때 손에 가방이 없으면 뭔가 허전함을 느낀다. 여성들이 핸드백에 소지품을 넣고 다니듯 나도 필요한 서류나 생필품을 가방에 넣고 다니는 것이 오랜 습관이 되었기 때문이다.

십여 년 넘게 같은 가방을 들고 다니다 보니 겉이 많이 닳아 최근 가방을 새로 하나 샀다. 그것도 명품(?) 가방이다. 미국 S사의 제품인데 들고 다니면서도 어딘가 불편하고 어색하다.

가방이 여행의 필수품임은 누구나 다 안다.

옛날과 달리 요즘은 여권(女權)이 신장되고 저출산이 대세를 이루면서 여성들의 대외활동과 여행이 특히 많아졌다. 가방이 잘 팔리는 이유도 거기에 있다.

그런데 이게 어인 일인가? 요즘은 가방이 필수품이 아니라 뭔가 다른 목적으로 쓰이고 있다는 느낌이 든다. 여기엔 내 아내도 예외가 아니어서 꼭 중요한 모임에만 며느리에게 선물받은 가방을 들고 나간다. 가방을 다른 목적(?)으로 사용하는 것을 보면 아내도 어쩔 수 없이 대한민국 아줌마인 것은 틀림없어 보인다.

여러 가지 명품 중에서도 유독 가방만이 주목받는 이유는 무엇일까? 국내외 여행이 일상화된 때문이기도 하지만 집에 가만히 붙어 있지 못하는 21세기 유목민적(?) 생활 환경이 조성되었기 때문이 아닐까?

조선 시대에 가장 자유롭게 여행을 할 수 있었던 승려들도 가방을 메고 다녔다. 소위 말하는 바랑이었다. 발우와 목탁, 비상식량이 들어있는 바랑. 두꺼운 천으로 만들어져 어깨에 멜 수도 있고 이동에 편리하였다. 그야말로 실용적인 도구였다.

그런데 지금은 어떤가? 생필품이 되어야 할 가방이 실용성은 등한시되고 신분과 과시욕의 상징물로 여겨지면서 명품 코리아(?)가 되어가고 있다. 사람의 품위와 가치도 명품으로 대치되는 세상이다.

명품업체들은 환율이 내렸는데도 불구하고 한국에서는 오히려 값을 올리며 배짱 장사를 한다. 한국 소비자가 받쳐 주기 때문이며 '곧 오른다'라는 소문만 내면 되기 때문이다. 강남의 한 백화점은 대기자 명단까지 있으며 불황에도 명품 매출은 급상승을 계속하고 있다고 하니 기가 찰 노릇이다. 원인은 일부 정신 나간 소비자와 부유층이 명품을 혼수나 생활필수품으로 인식하며 묻지마 소비 행태를 보이고 있기 때문이라 할 수 있지 않을까?

허영심으로 가득한 한국 때문에 명품업체들은 호황이고 최근 인천공항 모 제품매장에선 연 일천억의 매출을 올렸다니 기가 찰 노릇이다. 예전에 인천공항 면세점에서 좋은 자리에 매장을 계약하려고 업체들끼리 서로 다투고 난리법석을 떨었던 일도 한국에서 성공하지 못하면 살아남지 못하기 때문에 벌어진 웃지 못할 해프닝이었다.

유럽 명품 브랜드 회사들이 유독 한국에서만 가격을 두 배 세 배 올리는 이유가 있다. 나름의 영업 전략인데, 가격이 오른다는 소문만 내면 안달이 난 일부 소비자들이 새벽부터 매장에 줄을 설 것이기 때문이다. 유럽 명품 브랜드 회사에게 조롱당하는 나라, 한국. 그들 입장에선 '참 좋은 나라 한국'이다. 참으로 어처구니가 없다.

난 요즘 십여 년 전에 산 그 가방을 다시 들고 다니고 있다. 새로 산 가방을 들고 다녀 봤지만 미국 사람들이 만든 거라 작은 내 체형에 맞지도 않을뿐더러 어색하고 불편해서이다. 명품을 놔두고 옛것을 좋아하는 난 아무래도 미천(微賤)하고 품위(?)가 없는 사람인 것 같다. 인간의 행복도 우정도 사랑도 수십억대의 아파트와 수천만 원의 명품 핸드백 선물로 대치되는 세상에선 인간성도 상실되고 상품과 동일시되기 마련이다. 안타까울 뿐이다.

그런 의미에서 이젠 품질과 실용성을 중시하는 소비 행태가 온 나라에 퍼졌으면 하는 생각이다. 그래야 명품업체들이 '참 좋은 나라 한국'이라고 조롱하는 일이 없을 것이기에 하는 말이다.

참 좋은 나라 한국

한국에선 비싸야 오히려 잘 팔린다는 생각이 지배하는 한 한국은 영원히 조롱받는 나라로 전락하고 말 것이다. 명품은 신분을 나타내는 표지가 아니다. 옷이나 가방, 자동차까지 모두 생활용품일 뿐이다. 우리도 허영을 벗어던지고 품질과 실용성을 중시하는 소비를 해보는 건 어떨까? '품질과 실용성의 나라 한국', '현명한 소비의 나라 한국'으로 인식된다면 명품업체들도 자발적으로 가격을 내리고 품질도 향상시킬 것이 틀림없다.

우리말(國語)의
실종

　　　　　　　'나랏말ᄊᆞ미 듕귁(中國)에 달아 문
쯪文字와ᄅ 서르 사ᄆᆞᆺ디 아니 ᄒᆞᆯ세.'

　훈민정음 언해본 서문(序文) 일부이다. 올해로 세종대왕이
스물여덟 글자를 만든 지가 580돌이 되었지만 지금 우리말
은 실종되었다. 지난해 추석을 앞두고 일간지들이 쏟아낸 특
집 기사엔 우리말이 없었기에 하는 말이다.

　신조어와 외래어로 도배된 특집 기사들을 독해하기엔 내
가 너무 나이 들어버린 것일까? 노년층은 차치(且置)하더라도
아래 기사를 아무런 불편 없이 독해할 수 있는 중장년층이
과연 얼마나 될까?

호텔 패키지 상품이 많아졌다. 호텔브랜드인 글래드 여의도 라이브 강남 등 4개 글래드 호텔에선 꿀 추석 패키지를 선보인다. 해피 홀리데이 패키지 이그재큐티브 객실 1박에 뷔페에서 연어 카르파치오 초밥 플래터, 바비큐 디저트가 코스로 제공되고 저렴하게 즐길 수 있는 시티 브레이크 특가 프로모션도 선보인다.

외래어뿐만 아니라 홈추 집콕 밀키트 요알못 등의 신조어까지 가세하다 보니 내 가독성^(可讀性)은 엉망진창이 되어 버렸던 기억이 새롭다.

우리나라 대표 일간지들이 외래어와 신조어를 부추기는 현상을 어떻게 설명해야 할까? 안타깝기 그지없다.

우리말이 실종되고 있다. 지금이라도 거리를 거닐어 보면 느낄 것이다. 우리말 간판은 찾아볼 수가 없고 우리말을 썼더라도 외국어 밑에 조그맣게 표시해 놓았을 뿐이다. 국적 불명의 아파트 이름은 또 어떤가? 캐슬 시티 파크를 넘어 스위첸 그라시움 아르테온 뜨란체 아델리체 프레티움 등 라틴어까지 동원된 아파트들뿐 우리말 아파트는 눈을 씻고 찾아봐도 찾을 수가 없다. 아파트는 외국어 이름이어야 잘 팔린다는 통념, 고급스러운 것들은 서구문화에서 온다는 통념은 지극히 위험한 사대주의적 발상이요 대국(大國)에 종속되려는 잘못된 생각은 아닐까?

젊은이들이 정체성을 잃어갈 때 나라의 정체성도 흔들린다.

정체성을 잃지 않고 우리말을 살리는 데 앞장서려는 대중매체는 얼마나 될까? 한식이나 단오는 몰라도 핼러윈 (Halloween)은 잘 알고 있는 젊은이들에게 묻고 싶다. 정체성을 잃고서도 자신의 꿈을 이룰 수 있다고 생각하는가? 또한 정체성을 잃은 나라가 세계를 주도할 수 있느냐고 말이다.

우리 것을 먼저 사랑하고 정체성을 잃지 않을 때 세계를 주도하는 국가가 될 수 있다는 사실을 명심해 주었으면 한다. 젊은이들이여, 제발 자본주의적 발상으로 만들어내는 모든 상업주의에서 탈피해보는 건 어떨까? 그래야 정체성을 되찾을 수 있기에 하는 말이다.

입동이 지나서일까? 코끝을 스치는 바람에 한기가 서려 있다. 곧 겨울이 올 것이다. 겨울이 오기 전에 아름다운 우리말 이야기책을 찾아 읽으며 잃어버린 정체성을 되찾아 보는 건 어떨까?

우리말⁽國語⁾의 실종

　　핼러윈을 앞두고 내 어린 손녀들이 어린이집에서 플라스틱으로 된 호박 등을 들고 오는 것을 보았다. 이미 무분별한 외래문화와 상업주의가 어린이집에까지 깊숙이 파고들었다는 반증이다. 저 어린것들이 무엇을 알아서 저렇게 해괴하게 생긴 호박 등을 들고 온단 말인가? 한식이나 단오도 모르는 젊은이들이 핼러윈 같은 외래문화에 열광하는 모습을 보면서 참으로 안타깝다는 생각을 지울 수 없다. 우리말의 실종은 무분별한 외래문화의 유입과 추종을 낳고, 그것은 결국 자아정체성 상실과 국가 정체성 상실로 이어진다. 정체성을 잃지 않으려면 우리 것을 소중히 여기고 외국 문물이 좋은 것이라는 사대주의 정신에서 벗어나야 한다. 창업을 생각하는 젊은이들이여! 외래어 간판을 걷어치우고 아름다운 우리말 간판을 달아보는 건 어떨까? 우리말로 된 가게와 우리말로 이름 붙인 아파트가 많아질 때 잃어버린 정체성은 되찾을 수 있을 것이라 확신한다.

방선문
축제

진달래와 동백이 흐드러지게 핀 옆에 흰 고무신을 신은 소년이 바위에 걸터앉아 있다. 그 옆에는 어린 그의 동생이며 치마를 입은 소녀들도 오밀조밀하게 모여서 배시시 웃음기를 띠고 있다. 참 순박한 모습이다. 순박하다 못해 서글퍼 보인다. 내가 고등학교를 갓 입학한 어느 해 봄날이니까 41년 전 방선문에서의 내 모습이다. 누구나 노년으로 접어들면 추억을 먹고(?) 산다고 하지만 사진 속의 나와 동네 소녀들의 모습을 보면서 다시 방선문이 그리워졌다.

지난 주말이던가. 난 모든 걸 뒤로하고 방선문에 다녀왔다. 결혼식 피로연이나 각종 행사로 인해 주말과 휴일이 더

바쁜 요즘이다. 무엇을 얻으려는 삶일까? 무엇이 나를 그리 바쁘게 움직이게 하는지 도무지 알 수가 없다. 생활이 복잡하고 무료하기 짝이 없다. 모든 일정과 약속을 포기하기로 마음먹었다. 41년 전 사진 속의 내 모습을 추억하면서 방선문에서 잠시나마 무거운 일상을 내려놓고 싶었다.

'방선문을 찾은 신선, 영구춘화에 반하다'를 주제로 여덟 번째 방선문 축제를 알리는 현수막을 뒤로하고 얼마나 걸었을까? 방선문에 다다랐을 땐 난타 공연이 한창이었다. 요란한 법고 소리와 인파들로 왁자하다.

축제위원장인 제주의 대표 시인 Y형이 반갑게 맞아주었다. 한때 고향에 같이 살았던 J형도 만났다. 행사장에서 만난 몇몇 지인들과 함께 막걸리로 풍류를 대신했다. 하지만 추억 속으로의 여행을 하고 싶어서 찾은 방선문이 아닌가? 곧 막걸리 잔을 뒤로하고 신들이나 드나듦직한 비경인 방선문으로 내려갔다.

자연은 인간의 발길에 하나씩 제 모습을 감추게 마련이지만 이곳 방선문의 마애명^(磨崖銘)들은 400여 년의 세월을 거스르고도 오히려 또렷하다. 조선 영조 때 제주 목사로 부임하였던 학자이며 명필인 홍중징^(洪重徵)의 시 '등영구^{(登瀛}

丘)'를 비롯하여 김몽규(金夢煃) 목사의 명각(名刻)엔 육방관속(六房官屬)과 그 아들의 이름까지도 선명하다. 고르지 못한 바위에 새긴 점과 획이 세월이 흐를수록 더 생동감이 느껴진다. 그런데 진달래가 없다. "큰 바위 입을 벌린 그곳에 돌이끼와 꽃들이 헤아릴 수 없이 많아라."라고 노래한 홍중징 목사의 마애명 시(詩)에 나온 그 꽃은 분명 진달래와 참꽃일진대 꽃들이 보이지 않으니 이 어인 일인가?

오라동민들의 노력으로 참꽃 산책길을 조성해 놓았다고 J형이 귀띔해준다. 영구춘화를 되살리려는 오라동민들의 노력이 눈물겹게 고맙다. 참꽃을 심고 산책길도 만들며 방선문을 보존하고 가꾸려는 그들의 노력이 헛되지 않게 방선문 축제가 제주의 대표축제로 거듭났으면 하는 바람이다. 대표축제가 되어야 하는 이유는 자명하다. 영주십경 중 으뜸은 영구춘화(瀛邱春花)이기 때문이다.

41년 전 사진 속 그 소녀들은 다 어디로 갔을까? 참꽃과 진달래가 만발한 어느 봄날, 이젠 할머니가 됐을 그 순박한 소녀(?)들과 다시 방선문에서 야유회를 할 수 있다면 얼마나 좋을까? 바쁜 일상에 얽매이며 살아서일까? 옛날이 그립다.

부조(扶助),
음양의 두 얼굴

"얘야, 죽 다 쑤어져시냐?"

"예, 다 되어 감수다."

내가 중학생이던 55여 년 전으로 기억된다. 지금도 비가 내리는 새벽녘이면 두런두런 들려오던 할머니와 어머니 목소리가 환청인 듯 내 귓가를 맴돌곤 한다.

이른 봄으로 기억되는 그날. 두 분은 비를 맞으며 먼 곳에 있는 사돈댁까지 팥죽 허벅을 지고 갔으리라. 지금은 상상할 수도 없는 그 고행길이 있었기에 상을 당해 경황이 없던 사돈 댁에서는 성복하기 전에 온 친척과 조문객들에게 따뜻한 팥죽을 대접할 수 있지 않았을까?

그 당시는 현금 부조라는 게 없었다. 곡식 아니면 경조사에 필요한 현물을 가져가면서 집안에 보탬을 주었고 같이 슬퍼하고 같이 기뻐하면서 대소사를 치렀다. 가난 때문에 그것도 여의치 않으면 여인네들이 물을 길어다 주는 것으로 대신하기도 했던 부조는 우리의 아름다운 삶과 문화 그 자체였다. ㅈ낭정신과 수눌음으로 대표되는 상부상조문화가 있었기에 그 척박한 환경에서도 우리 조상들은 삶을 유지해 올수 있었던 게 아닐까?

하지만 이젠 까마득한 옛날 일이 되어버렸다. 지금은 상부상조문화가 채권채무 관계로까지 변질되어가는 안타까운 모습과 마주하게 된다.

겹 부조를 넘어 계좌이체 부조까지 아무렇지도 않게 행해지고 있는 비정한 현실을 어떻게 받아들여야 할까? 친목회 취지도 무색해졌다. 적지 않은 공동부조를 하는데도 불구하고 다시 개인 봉투를 내민다. 이게 어인 일인가? 사람들 앞에서 핀잔을 당하지 않으려면 개인 봉투에 겹부조까지 해야하는 게 요즈음 현실이다.

위로가 오가지 않는 장례식장, 망인 이름보다 상주들 이름과 직책이 커다랗게 장식되는 부고(訃告), 신랑 신부가 주인공이지 않은 피로연장에서 더 이상 미풍양속을 얘기할 수는 없다. 똬리를 튼 채 고개를 쳐드는 살모사를 보는 듯 부조의 어두운 그림자가 내 마음을 아프게 한다.

다시 한번 제주의 부조 문화를 들여다보아야 한다.

주말과 휴일을 잃은 제주인들의 정체성을 찾아주기 위해서라도 전일제 행사로 치러지는 경조사, 다시 한번 생각해 봐야 옳지 않을까?

개인 부조에 겹 부조, 친목회 공동부조까지 상주와 혼주에게 돈을 몰아주는(?) 경조사는 진정 ᄌᆞ냥 정신과 수눌음 정신엔 맞지 않는 악습이 되어가고 있다. 인구 백만 제주 시대가 멀지 않았기에 부조금을 거둬들이기 위한 경조사, 이젠 바뀌지 않으면 안 된다.

그렇다. '파사현정(破邪顯正)', 교수신문이 선정한 올해의 사자성어가 어긋난 생각을 버리고 올바른 도리를 따르라 한다. 제주를 병들게 하는 적폐, 곧 잘못된 부조 문화를 버리라 가르치는 건 아닐까?

이제 또 다른 시작을 위한 한 해의 저물녘이다. 사돈댁에 부조를 위해 새벽녘부터 팥죽을 끓여야 했던 할머니 그리고 어머니. 팥죽 허벅을 진 그 고행길을 생각하면 할수록 가슴이 아프지만, 그 온기는 많은 이들의 가슴을 따뜻하게 했으리라.

부조(扶助), 음양의 두 얼굴

제주의 수눌음 정신이 무엇인가? 어려울 때 서로서로 돕는 정신, 바쁜 농사철에 이웃끼리 서로 도와가며 일하는 제주의 전통문화가 아닌가? 비가 내리는 새벽에 상을 당해 경황이 없는 사돈댁으로 팥죽 허벅을 지고 날랐던 우리 어머니와 할머니의 부조가 정말 부조이다. 현물로 부조하지 못하는 어려운 형편이면 물 부조를 하기도 했다. 팥죽 허벅을 지고 물허벅을 지고 날랐던 그 시절의 상부상조 정신은 상실된 지 오래다. 이젠 상주에게 돈 봉투를 내밀고 대신 상품권을 받는 물물교환만 있을 뿐이다. 망자가 누구인지 혼례자가 누구인지는 상관없고 상주와 혼주를 만나 물물교환만 하면 끝이다. 퇴색해버린 제주의 부조 문화가 안타깝기만 하다. 창작 노트를 쓰는 이 시간에도 문자메시지가 들어온다. 누구누구의 부친상 알림. 조문을 못 갈 사람을 위한 계좌이체 번호까지 또렷이 적혀 있다. 돈을 받고 갚아야 할 채권채무자만 존재할 뿐 더 이상 비를 맞으며 팥죽 허벅을 지고 가는 상부상조는 없다.

미셸의
삼무(三無)교육

지난 주말 지인들과 함께 한라생
태숲에 다녀왔다.

입동이 지나 소설(小雪)이 다가오는데도 제주 들판은 잘
채색된 수채화 그대로였다. 여태껏 떠나지 못한 낙엽이 수북
이 쌓여 있고 단풍과 함께 가을이 한창이었지만 인간의 탐욕
때문이런가? 겨울이 오는 초입에서 본 제주 들판은 시나브
로 그 본연의 모습이 조금씩 사라지는 것 같아 안타까움이
밀려왔다. 제주만이라도 자연이 잘 보존되었으면 좋겠다.
자아정체성을 상실한 인간 본성과 감성을 자연에서 찾을 수
있다면 얼마나 좋을까?

바야흐로 자아정체성 상실의 시대다.

인간이 호모 모빌리쿠스(Homo Mobilicus)가 되어가면서 유인원이 되어간다는 느낌이다. 영상매체와 모바일기기가 우리 생활을 점령한 때문이라 아니할 수 없다.

반세기 전만 해도 집 밖은 모두 자연이었으며 놀이터였다. 별똥별을 보며 소원을 빌었고 풀벌레 우는 소리를 들으며 잠들었으니 행복할 수밖에 없었다.

이웃을 신뢰했기에 마음대로 남의 집을 들락거렸으며 우리의 부모들은 근면 절약을 생활화했다. 거지와 도둑, 대문이 있을 수 없었다. 그래서 특유의 미풍양속인 삼무 정신과 ᄌᆞᆼ냥 정신이라는 제주만의 아름다운 문화를 꽃피울 수 있었던 세 아닌가?

하지만 이게 어인 일인가? 50여 년이 지난 지금 제주를 삼무(三無)의 고장이라 말할 수 있는가? 대문을 꼭꼭 닫아야만 외출이 가능하고 이웃 간 신뢰는 무너지고 수눌음과 상부상조 정신도 찾아볼 수가 없다. 4세대를 거쳐 5세대 스마트기기가 우리 생활을 지배하면서 사람들이 따뜻한 감성을 잃었기 때문이다. 정체성을 상실한 인간들이 영상매체와 모바일기기의 노예가 되었기 때문이다.

베트남의 명상가 틱낫한 스님이 우리나라를 방문했을 때

아이들이 온갖 영상매체에 많은 시간을 빼앗기는 걸 보고 "악의 꽃에 물을 주고 있다."고 충고한 적이 있다.

그렇다. 물질적 풍요로움은 넘쳐나고 있지만 아이들은 병들고 있는 게 틀림없다.

디지털 게임 중독치료를 법제화할 만큼 각종 스마트기기에 대한 중독성은 심각하다. 더 큰 쓰나미가 우리를 덮치기 전에 미국 대통령 부인 미셸에게서 신(新) 삼무 정신교육을 받아 보는 건 어떨까?

그녀는 모든 기득권을 내려놓는 생활, 특히 두 딸들에게 컴퓨터, 핸드폰, TV를 엄격히 금지하는 가정에서의 삼무교육으로 신선한 충격을 주고 있다. 퍼스트레이디가 아니라 한 엄마로도 세계인의 존경을 받을 만하다. 백악관 집사들이 있어도 딸들에게 자기 방은 스스로 정리하고 청소하게 한다고 하니 이제 우리는 그녀를 명예 제주도민으로라도 모셔야 할 판이다.

도둑, 거지, 대문 없는 삼무로는 부족하다. 우리 아이들에게 단 며칠만이라도 신 삼무정신 교육을 시키며 가족끼리 늦가을 생태숲이라도 다녀오자. 자연으로 돌아가 우리 아이들 본성과 감성을 찾아주자는 얘기다. 들판의 온갖 동식물과 곤

충과 대화하면서 자연을 가까이할 때 아이들 감성은 다시 따뜻해질 것이다. 따뜻한 가슴을 지닌 아이들이 많아야만 제주의 미풍양속은 살아나고 다시 삼무 정신이 우뚝 설 것이다. 그래야 제주 문화는 융성해지고 그 꽃을 세계에 활짝 피울 것이 아닌가?

미셸의 삼무(三無)교육

스마트기기에 미쳐버린 아이들이 이제 인공지능 AI가 없으면 생활문 한 줄 쓸 수 없는 시대가 되었다. 정말 신(新) 삼무교육이 필요하다. 악의 꽃에 물을 주고 있는 우리 아이들을 발견해 준 스님이나 스마트기기, 컴퓨터의 중독성과 해악을 알아차린 퍼스트레이디가 내린 자녀교육 처방이라니…. 신선하기만 하다. 더구나 백악관 집사들이 있는데도 불구하고 제 방은 스스로 청소하고 정리하게 한다고 교육한다니 퍼스트레이디를 넘어 이 시대 참 스승이다.

새 철
드는 날

계절의 변함은 어김이 없다. 이맘때만 되면 우리 집 매화는 꽃봉오리를 내밀기 때문이다. 곧 배매회기 새해 첫 꽃소식을 알릴 듯 같다. 매년 나의 뜨락에 새봄이 시작됨을 알리는 전령사인 셈이다. 눈처럼 흰 매화를 보며 새해가 시작됨을 안 것은 그리 오래되지 않은 것 같다. 고향으로 삶의 터전을 옮긴 지가 불과 십여 년 전이니 말이다.

내 유년의 새해도 매화처럼 새하얀 눈으로 시작되었었다. 눈이 온 세상을 덮어버린 날, 할머니가 장독대에서 된장이나 간장을 내오는 소리, 새들이 '포르르' 날아오르는 소리, 눈이 나무에서 '후두둑' 떨어져 내리는 소리만이 아침 정적을 깨웠었다.

오늘이 바로 우리 조상들이 새해가 시작된다고 여겼던 새 철 드는 날이다. 곧 새봄이 시작되는 날 입춘(立春)이다. 봄은 곧 새해를 의미했으며 한 해 농사의 시작을 알리는 날이기도 했다. 우리 조상들은 24절기 중 그 첫 번째 절기를 새해의 시작으로 여겼으며 이때부터 한 해 농사를 준비했었다. 또한 이날은 풍년과 무사 안녕을 기원하는 입춘굿 판을 벌이며 마을의 결속을 다지기도 했었다.

지금 그 전통의 맥을 잇기 위해 제주 목관아 일대에서 '2014 탐라국 입춘굿'이 '갑오년 춘경(春耕), 모관(城內)에 봄을 들이다'라는 주제로 열리고 있다. 제주시가 주최하고 제주민예총이 주관하는 이번 행사는 2일 오후 옛 제주성의 동·서쪽에 있던 재물과 복의 신인 동자복(東資福)과 서자복(西資福)에게 제를 지내는 것으로 시작한다. 이어 제주 신화에 등장하는 설문대 여신, 영등신, 대별왕과 소별왕, 세경 3신인 자청비, 문도령, 정수남 등의 신상등(神像燈)과 풍물을 앞세운 길놀이가 펼쳐진다고 한다. 길놀이가 끝나면 신상들을 좌정시키고 풍요를 기원하는 세경신제(細耕神祭)를 지낸 뒤 풍물 난장까지 펼쳐진다고 하니 새 철 드는 날 옛 풍습을 살리는 데는 부족함이 없을 듯하다.

입춘을 전후해 이루어지는 입춘굿이 세경신제, 걸궁, 낭쉐 코사, 탈굿 놀이 등 다양하게 진행되고 있으나 아쉬움도 남는다. 각 마을마다 음력 정월에 열리던 걸궁이 입춘굿 부대 행사로만 재연되고 있기 때문이다. 걸궁은 별도의 민속문화로 되살아나야 한다. 새 철 드는 날 무렵 마을의 모든 집을 돌면서 한 해의 무사 안녕을 기원하고 마을 사람들에게 액운을 막아주려는 특이한 민속신앙은 제주에만 있기에 하는 말이다. 제주에는 예총과 민예총 양대 예술단체가 있다. 예총에서는 탐라 문화제를 주관하고 민예총에서는 탐라국 입춘굿 놀이 등을 주관하면서 지역 문화예술을 선도하고 있다. 제주를 세계 속의 전통예술의 보고로 만들려면 양대 예술단체들이 기울이는 지금의 노력만으로는 부족함이 없지 않다.

걸궁 같은 민초들이 벌이는 굿을 마을마다 복원해 재연하도록 지속적으로 연구해야 한다. 그러려면 관^(官) 주도의 민속놀이가 아니라 주민들이 중심이 되는 민속놀이로 승화되어야 함은 당연하다. 그래서 입춘 무렵이 되면 마을마다 제주의 걸궁 소리가 세계로 퍼져 나가야 한다. 온 주민이 하나 되어 풍년과 무사 안녕을 기원하면서 자연유산 제주를 세계에 알릴 때 진정 전통예술의 보물섬이요 1만 8천 신들의 고향이라 할 수 있다.

이제 새해가 시작되었다. 하지만 집집마다 돌아다니며 무사 안녕을 기원해 줬던 놀이패도 걸궁 소리도 우리들 마음속에만 남아있을 뿐이다.

조상들이 그랬던 것처럼 오늘 우리들 마음속에 새로운 소망을 하나씩 품어보는 건 어떨까? 새 철 드는 날에 구랍 31일 교수 신문이 발표한 올해의 사자성어를 다시 떠올려 본다. 전미개오(轉迷開悟), "번뇌로 인한 미혹에서 벗어나 열반을 깨닫는 마음에 이른다."는 뜻을 가진 불교 용어다. 그렇다. 올 한 해 모든 가정에 이처럼 온갖 번뇌와 거짓됨에서 벗어나 진실을 깨닫고 새로운 희망만이 가득 찬 한 해가 되기를 기원해 본다.

감성을 파는
사회

　　지난 주말, 장서(藏書)들을 정리했
다. 교육 전문 서적과 문학 관련 도서들이 대부분일 것 같은
내 서재에는 철학, 역사서 외에도 많은 잡지들도 적시 않게
서가를 가득 채우고 있었다. 비워 내니 한층 넓고 시원한 것
을 읽지도 않으면서 소유하려고만 했다. 그래도 어쩔 수 없
는 책들이 있다. 내가 아끼는 서적이라든가 저자들이 자필
서명을 하고 선물한 책들은 버릴 수도 없으니 이를 어찌한단
말인가?

　　그중에서도 유독 누렇게 퇴색되어 눈길을 끄는 책이 있다.

　　동서양의 명언들을 모아 엮은 책인데《영원히 못 잊어》
라는 명상록이다. 내가 고등학교 시절, 당시 같은 마을 여학

생에게서 빌린 것으로 기억된다. 아니, 나에게 먼저 읽어보라고 권한 책이라 해야 맞다. 하지만 얼마 없어 그녀가 도시로 이사를 가는 바람에 돌려주지 못해 그대로 내 장서가 되어버렸다. 그 후 그 책을 읽으며 외로움을 달랬고 내 문학적 감성(感性)을 키우는 데도 적지 않은 영향을 끼쳤다.

덴마크의 미래학자 롤프 옌센이 "정보화 사회 다음에는 어떤 사회가 도래할까요?"라는 질문에 미래는 이야기를 바탕으로 하는 사회, 상상력이 생산력과 직결되는 꿈과 감성을 파는 사회, 즉 드림 소사이어티(Dream Society)가 되리라 예언했다.

곧 감성을 파는 사회가 올 것이란 얘기다. 무슨 뚱딴지같은 얘기냐고 할지 모르지만 어릴 적 추억에 가슴 두근거리는 이야기가 생산품처럼 만들어지고 그것을 사고파는 사회가 곧 도래한다는 것이다.

정보화 사회는 감성적인 삶을 배제한 이성적인 삶 때문에 인간성이 상실된 채 살아가는 삶이라고 할 수 있다. 그래서 옌센의 예언은 적중할 것 같은 예감이 든다. 인터넷과 영상문화, 디지털 문화가 만들어낸 인간성 말살과 문제점들은 이제 감성을 파는 사회가 도래하고 꿈을 파는 사회가 도래했을 때 봄눈 녹듯 사라질지 누가 아는가? 포근한 인성이 살아 숨 쉬는 행복한 사회, 드림 소사이어티에선 학교에서 인성교육조차도 필요하지 않기에 더욱 절실하게 공감하게 된다.

오늘날 사회를 보라.

전자책^(e-book)에 밀려 세계적인 대표 백과사전 브리태니커 종이 사전이 사라졌다. 이 어찌 된 세상인가? 무섭다. 사람들이 더 이상 종이책을 사지 않는다는 얘기다. 사람들은 이제 책도 잃고 정체성도 잃은 채 스마트기기의 노예가 되어가고 있다. 대화는 끊긴 지 오래고 전화할 일이 있어도 조심스럽다. 문자로만 얘기하는 세상이 되었다. 아름다운 풍광도 눈으로 보지 않고 카메라 앵글과 스마트폰으로만 보는 세상이 되었으니 어찌 무서운 세상이라 하지 않을 수 있는가? 정보화 사회가 만들어낸 인간성 상실의 시대에 그래서 옌센의 예언은 더욱 절절하게 가슴을 파고든다.

《어린 왕자》를 쓴 생떽쥐베리는 "아이들에게 배를 만드는 법을 가르치지 말고 푸른 바다를 꿈꾸게 하라!"고 했다.

그렇다.

다음에 올 시대는 꿈꾸는 사회가 되어야 한다.

미래를 상상하고 그리워하면서 아이들에게 꿈을 꾸게 해

야 한다. 그래야 창의력이 발현되고 전자책에 밀려 사라진 종이책들의 전성시대가 다시 온다. 감성을 파는 사회, 꿈과 감성이 조화된 스토리텔링이 최고의 상품이 되는 시대가 되어야 인간들은 잃어버린 자아정체성을 되찾을 수 있다.

4월이 한창이다.

바람을 타고 춤을 추며 내리는 꽃비. 무심하게 사라져가는 저것들이 왜 저리 아름다울까? 무상하게 바람을 타고 떠나면서도 세상을 화려하게 축복하는 봄꽃들의 세상, 그 황홀한 세상에서 난 오늘 많은 걸 느끼고 있다. 무념무상으로 세상을 충분히 누린 자만이 미련 없이 사라질 수 있다고 생각하는 건 나만의 편견일까? 이렇게 꽃비를 느끼다 보면 아등바등 열심히만 살아온 세월이 저만치 가면서 "소크라테스와 한 끼 식사를 할 수 있다면 애플의 모든 기술을 내놓을 수 있다."고 말했던 스티브 잡스의 마음까지도 이해할 수 있을 것 같다.

이렇게 봄꽃과 함께 허망하게 스러져가는 4월이 되면 그녀가 생각난다.

50여 년 전 명상록을 빌려주며 무심히 떠났던 그녀처럼 올 4월도 그렇게 갈 것이다. 난 지금도 그 책을 들여다보며 혼자만 상념에 젖곤 하지만 이맘때면 더욱 그리움이 고질병처럼 도지곤 한다. 이제 그녀를 찾고 명상록을 돌려주고 싶다.

그래야 모든 상념을 떨치고 노년의 새로운 감성을 되찾을 것이 아닌가?

감성을 파는 사회

　　정보화 시대, 인간성 상실의 시대에 진정으로 필요한 것은 무엇일까? 정보기술의 대명사 스티브 잡스가 소크라테스와 한 끼 식사만 할 수 있다면 모든 걸 내줄 수도 있다고 한 말은 많은 것을 암시하고 있다. 그는 첨단기술을 정복했음에도 불구하고 그것보다 더 중요한 그 무엇이 있다는 것을 깨달았다. 그렇다. 그래서 미래는 감성이 지배하는 사회가 올 것이라 롤프 옌센이 예언했는지도 모른다. 감성을 팔고 사는 사회, 아이들에게 배를 만드는 법을 가르치기보다 푸른 바다를 꿈꾸게 하는 사회가 스티브 잡스나 생떽쥐베리, 롤프 옌센이 꿈꾸는 사회일 것이다. 인간이 가진 최상의 무기는 따뜻한 감성이다.

반딧불이의
경고

최근에 남원읍 한남리 지역에서 국내 최대 규모의 반딧불이 서식지가 발견되었다. 매스컴들은 떠들썩했다. 한목소리로 제주가 아직도 생태적으로 오염되지 않은 청정 지역임을 입증했다는 것이다.

이 기사들을 대하며 과연 우리 제주가 생태적으로 청정 환경을 자랑하고 있을까 하는 의구심을 갖지 않을 수 없었다. 반딧불이 수만 마리가 오직 한 군데서만 군무(群舞)를 즐기고 있음은 무얼 말함인가? 그들은 이제 다시는 살지 못할 제주에서의 마지막 축제를 벌이고 있는 건 아닌지 반추해 볼 필요가 있다.

난 요즘 반딧불이를 본 적이 없다. 아이들도 그림이나 책에서만 반딧불이를 보았을 뿐 실제로 이 발광 곤충을 보진 못했을 것이다.

아마 60, 70년대를 기점으로 제주에선 반딧불이가 사라진 것이 아닐까 생각해 본다. 내가 초등학교 다닐 때만 해도 한여름밤을 수놓는 아름다운 빛의 향연은 반딧불이었다. 마당에 멍석을 깔고 앉아 온 식구가 모여 저녁을 먹고 있을 때 유유히 흐르는 그 빛의 향연이라니…, 가끔은 밥상 위로 날아온 놈을 손으로 잡았던 기억, 손바닥에서도 그 특유의 빛을 발하던 모습들이 지금도 나의 뇌리에 생생하게 각인되어 있다.

반딧불이는 환경이 오염된 곳에서는 살지 않기 때문에 청정 환경의 지표로 추앙받는다고 한다. 그래서 반딧불이 수만 마리가 군무를 펼쳤다는 건 아직까지는 생태적으로 청정 제주라고 자랑할 만하다. 다만 '아직까지'라는 전제하에서 말이다.

지금 제주는, 아니 온 나라가 세계 7대 자연경관 선정을 위한 투표로 부산하다. 나도 제주를 추천한 횟수를 헤아릴 수 없다. 태어나서 자란 곳, 지금도 살아가고 있는 곳, 앞으로 내가 다시 자연으로 돌아가야 할 땅도 제주이기에 세계 7

대 자연경관에 선정되기를 바라는 마음은 간절하다. 하지만 안타까움도 금할 수 없다. 위정자(爲政者)들은 선정되었을 때의 그 경제적 파급효과만을 놓고 홍보를 하고 있기 때문이다. 경제 가치보다는 생명 가치가 우선되는 제주로 홍보될 때 경제적 파급효과는 저절로 따라온다는 생각이다.

지금 제주는 관광객 천만 시대를 넘어 세계적인 관광지로 급부상하고 있다. 인도네시아 발리나 하와이 등 세계 유수의 관광지들이 이룩하지 못한 기록을 제주가 경신하고 있는 것이다. 하지만 한번 생각해보자. 그들이 과연 잘 보전된 천혜의 자연경관을 보러 제주에 오는 것인가? 아니면 제주 자연보다 오히려 자본의 논리에 덧씌워진 대형 휴양지와 쇼핑 관광지 등을 찾아오는 것인가? 생각해 볼 일이다. 제주의 축제들도 마찬가지다. 그 많은 축제 중에서 환경과 생태를 주제로 한 축제가 몇이나 되는가?

차별화된 환경 하나만을 가지고 꾸준히 축제를 이어가고 있는 전라도에선 무주 반딧불이 축제가 일주일간 펼쳐지고, 함평 나비 축제도 거의 보름 동안이나 열린다고 하니 대한민국 대표축제라 할 만하다. 자기네가 살길은 청정 환경밖에 없다는 생각, 생태 환경의 건강과 보전 없이는 자기네 삶도 보장받을 수 없다는 전라도의 발상이 신선하다.

유네스코 트리플 크라운과 세계 7대 자연경관에 빛나는 제주가 세계인들에게 보여줄 것은 작은 것, 적은 것이라도 경제 가치에 우선해서 생명 가치가 보존된 모습이어야 한다. 남원읍 한남리에 모여 있는 반딧불이들이 빛을 발하며 보내는 것은 경고일지 모른다. 함께 고민하고 명심할 일이다.

반딧불이의 경고

그 당시는 대단했다. 도지사, 교육감은 물론 온 도민과 국민이 전화 투표에 나서며 유네스코 세계 7대 자연경관에 제주도가 후보로 올라 있다는 자체만으로도 자랑스러워했다. 그래서 막무가내로 전화 투표를 해댔던 기억이 새롭다. 하지만 이 모든 것이 뉴세븐원더스 재단이 벌인 사기극이라는 논란에 휩싸이며 급기야 유네스코에서는 자신들과는 무관하다는 입장을 공개적으로 밝혔다. 한마디로 블로그 수준의 한 단체 사기극에 제주가 놀아난 꼴이 되었다. 7대 자연경관이 아니라도 좋다. 세계인들에게 자랑하며 관광객을 그만 불러들여도 된다. 자연생태계가 온전히 보존된 제주도면 그걸로 족하다.

제3부

아버지로 산다는 것

아버지로 산다는 것 I

삼복더위가 한창인 요즘, 온 사회가 안전교육 열풍이다. 세월호 참사 이후 겪는 우리 사회의 몸부림이라고나 할까? 나도 최근 교육청에서 실시한 수상 안전교육을 받으며 이 시대 아버지로 산다는 것은 자식을 위한 맹목적인 희생을 동반하는 삶이구나 하는 안타까운 생각이 들었다. 수영을 할 줄 모르는데도 불구하고 무조건 물로 뛰어들어 자식을 구하고는 목숨을 잃는다는 아버지 얘기를 들었기에 하는 말이다. 참으로 안타까운 일이라 아니할 수 없다. 이 시대를 살아가는 아버지라는 존재를 다시 한번 생각하게 한다.

몇 년 전 인터넷을 뜨겁게 달구며 우리를 눈물짓게 했던 그 이름. 아버지.

"어머니 앞에서는 기도도 안 하지만 혼자 운전을 하면서 큰 소리로 기도하고 자식들 생각에 눈물짓는 사람이다. 아버지는 뒷동산의 바위 같은 이름이며 아버지는 시골 마을의 느티나무 같은 이름이다. 아버지는 결코 가족에게 무관심한 사람이 아니다. 아버지가 무관심하게 보이는 것은 체면과 자존심과 미안함 같은 것이 어우러져서 그 마음을 쉽게 드러내지 못하기 때문일 뿐이며 아들딸이 밤늦게 집에 들어올 때 어머니는 열 번 걱정하면서 화를 내지만 아버지는 열 번 현관을 져다본다."

우리 시대 아버지의 내면을 세밀하게 묘사한 인터넷 글이었지만 실제 누가 지었는지는 알려지지 않았다. 참으로 공감이 가고 가슴이 아리도록 눈물겨운 내용이다.

시인 정호승은 그의 시 '못'에서 아버지는 한때 벽에 박혀 녹이 슬도록 모든 무게를 견뎌냈으나 벽을 빠져나오면서 그만 구부러진 못이 되었다고 아버지를 슬프게 묘사한다. 그뿐이 아니다. 아동문학가 하청호도 그의 '아버지의 등'이라는 시에서 늘 땀 냄새만 나는 아버지의 등은 힘들고 슬픈 일이 있어도 참아내는 아버지의 속울음이라고 표현하고 있다.

시골 마을 느티나무 같은 크나큰 이름이지만 돌아가신 후에야 그 존재를 실감하게 된다는 아버지, 평생 무게를 견디다가 구부러진 못이 되어버린 아버지, 힘들고 슬픈 일을 참아내느라 속울음이 땀이 되어버린 아버지는 과연 누구일까? 이 시대 아버지들이 가족들에게 각인되고 있는 모습을 생각하면 아버지라는 이름이 안타깝고 측은하기 그지없다.

난 매일 아침 출근길에서 두 노인을 만나면서 아버지로 살아간다는 것이 얼마나 버거운 짐인가를 새삼 느끼고 있다.

내 일터는 제주민속자연사박물관 인근에 있다. 일터가 가까워지면 자동차보다 주로 노인이나 바삐 일터로 향하는 사람들 발걸음이 많이 보이는 지역이다. 도심 공동화 지역이라서 그런가? 사람들 종종걸음이 많은 지역이라 자동차를 탄 나를 어색하게 만든다. 그 사람들 중에서 유독 눈에 띄는 두 노인. 비록 차창 밖으로 조우만 하는 그들이지만 가슴이 시리도록 아름다운 모습이다. 노모(老母)를 모시고 걸어가는 아들, 아니 할아버지라 해야 옳다. 노모를 꼭 붙들고 힘든 내색도 하지 않고 사근사근 속삭이며 어르고 달랜다. 노모가 힘이 든다고 하는지 인도에 앉히기도 한다. 자식도 다 출가시키고 이젠 자신도 병들었을 법한 노인인데 노모를 모시는 일을 제 숙명이라는 듯 받아들인다. 아침마다 그 모습을 보면서 처연하다 못해 처절함까지 느끼게 된다.

자식들은 있는지 없는지 또한 부인이 있는지 없는지는 알 수 없다. 노모를 어르고 달래며 매일 아침 어디론가 모셔가는 모습에서 난 우리 아버지들의 황혼을 본다. 마치 처절한 가시고기를 보는 듯하다.

산란기에 암컷이 알을 낳고 떠나 버리면 알이 부화할 때까지 지켜주고 키워주면서 제 몸은 가시처럼 말라가는 고기가 있다. 바로 가시고기다. 가시처럼 말라갈 때도 제 살을 다 내어주고 새끼들이 둥지를 떠나야만 생을 마감한다. 그 늙은 아들에게서 제 새끼만이 아니라 제 어미에게까지 마지막 남은 살점을 다 내어주며 죽어가는 인간 가시고기를 떠올리게 되는 것은 또 무슨 연유일까?

나에게도 아버지가 계셨지만 유년기에 돌아가셨기 때문에 그 어떤 애증(愛憎)도 가지고 있지 않다. 내가 알고 있는 아버지에 대한 추억은 자라면서 친인척에게 들은 이야기가 전부였다. 유년 시절 큰 냇가를 건너며 어디론가 하염없이 갔었다는 기억 외에는 어떤 잔상도 나에게 남아있지 않은 나의 가시고기 아버지. 만남이 없었으니 애증(愛憎)이 있을 리 있겠는가?

30대의 젊은 나이로 생을 마감해야 했던 내 가시고기에게서 사랑을 받지 못했음이런가? 난 자식들을 제대로 사랑하는 법을 모르고 살아왔다. 바쁘다는 이유로 먹이고 품어주는 것은 오롯이 아내 몫이었고 아이들 고통도 가족사도 다 혼자 감내해야만 했던 아내가 이제 초로(初老)에 접어들고 있다. 세월을 보상할 수 없으니 어쩌랴! 부끄러울 뿐이다. 부끄러운 가시고기로 살아왔다는 회한(悔恨)과 업무에 바쁘다는 이유로 피곤하다는 이유로 지난 세월 어머니와 아내, 자식들을 제대로 품어주지 못한 그 안타까움이 늘 가슴속에 남아 내 폐부를 찌르고 있다.

내일 출근길에는 자동차에서 내려 그 아버지를 만나 볼 생각이다. 노모를 어디로 모셔 가는지 살갑게 인사라도 하며 손이라도 잡아드려야겠다.

이제 중복이 지났으니 입추(立秋)가 코앞이다. 그 할아버지를 생각하면서 이제 나에게는 사근거릴 어머니도 안 계신 것이 더 안타깝다. 그 노모가 아들의 사랑을 받고 오래오래편한 생애(生涯)를 보냈으면 하는 바람이다.

염소 뿔이 녹아내린다는 무더위도 힘찬 몸짓으로 파닥이는 가시고기들이 있어 오히려 청량하지 않은가? 이 더위도 곧 지나가고 가을이 올 것이다. 가을이 오면 팍팍한 삶 속에서도 제 어미와 자식들을 숙명처럼 받아들이는 아버지들이 행복한 계절이었으면 좋겠다.

아버지로 산다는 것 Ⅱ

　　　　　　냇물이 흐르고 있었다. 냇가 주변
은 신록으로 싱그러웠고 숲속에선 이름 모를 새들 소리가 들
리고 있었다. 햇살이 번져 나가는 이른 아침으로 기억되는
그날, 아버지는 어디론가 하염없이 가고 있었다. 뒤를 따르
는 예닐곱 살배기 아들은 바위틈을 요리조리 피하며 졸졸 따
라 갔었지만 아버지는 내내 아무 말이 없었다.

　　내 아버지에 대한 기억이다. 60년 전 기억이지만 아직도
희미하게 지워지지 않는 흔적으로 남아있다. 그날 아버지는
어디로 가려고 했을까? 아버지만이 알고 있을 그 오래된 가
출의 기억. 그 후 아버지가 돌아가시면서 아버지에 대한 기

억도 내 삶에서 완전히 지워져 버렸다. 사진 한 장 남아있지 않은 슬픈 가족사의 단면이기도 하다. 아버지가 부재하니 애증(愛憎)도 남아있을 리 없지만 오늘따라 아버지가 생각나는 건 어인 일일까?

지난 오월 어느 날, 한국시낭송 제주연합회 K회장님에게서 전화가 왔다. 시낭송회 초대장을 보내면서 축사를 부탁한다는 전화였다. 시낭송가들이 하는 의례적인 행사 정도로만 알고 기대도 하지 않고 갔는데 그날 있었던 시(詩)낭송 스토리 극(劇)은 내 예상을 훨씬 뛰어넘는 좋은 공연이었다.

노인이 공부하는 딸을 위해 학교에 쌀 한 말을 지고 간다. 딸은 초라한 아버지가 부끄러워 다시 오지 말라고 성화를 부린다. 훗날 아버지가 돌아가시고 아버지의 무게를 새삼 절감하고는 통곡하는 딸과 아들들… 제1막 '아버지 학교에 오셨네'부터 제7막 '아버지 사랑합니다'까지 아버지를 소재로 한 시들이 낭송을 통해 스토리로 재연되었다. 공연은 K회장님의 닫는 시로 대단원의 막을 내렸다.

이 시대 아버지들이 설 수 있는 곳은 정녕 어디인가? 점점 위축되고 갈 곳이 없는 우리네 아버지를 조명하고 스토리 극으로 되살려내 준 데 대한 감사한 마음이 한 달여가 지난 지금도 여운으로 남아있다. 모든 것이 끝나고 폐막 선언을 할 즈음 관객 중에서 머리가 허연 노인이 K회장님에게 걸어 오면서 폐막을 만류(挽留)한다. 한말씀하게 해 달라는 하소연 이었다. 아버지 역을 한 배우를 부르고 자식 입장에서 그에 게 참회의 눈물을 흘리며 절규한다.

감동이었다. 아들 입장에서 그 시절 아버지라 한번 불러 보지도 못한 불효를 공개 석상에서 참회한다. 그렇다. 예술 은 누군가의 마음을 움직여야 한다. 카타르시스(catharsis)를 경험해야 진정한 예술이다. 마음을 움직이고 관객들의 내면 을 변화시킬 때 예술은 그 빛을 발할 것이기에 하는 말이다.

이른 아침 나의 아버지는 어디로 가려 함이었을까? 일찍 돌아가셨기에 나로서는 어떤 애증도 갖고 있지 않은 아버지 이지만 오늘 나도 아버지를 부르고 싶다. 그날 눈물을 흘리 며 절규한 노인처럼 나도 목 놓아 아버지를 부르며 참회의 눈물을 흘리고 싶다.

초등학교 1학년 때로 기억되는 어느 날, 한 번 만난 기억 외에는 어떤 잔상도 남아있지 않은 나의 가시고기.

만남이 없었으니 애증(愛憎)도 남아 있을 리 없다.

30대의 젊은 나이로 생을 마감해야 했던 내 가시고기에게서 사랑을 받지 못했기 때문일까? 난 자식들을 제대로 사랑하는 법을 모르고 살아왔다. 바쁘다는 이유로 먹이고 품어주는 것은 오롯이 아내 몫이었고 아이들의 고통도 가족사도 다 혼자 감내해야만 했던 아내에게 세월을 보상할 수 없으니 부끄러울 뿐이다. 아니, 부끄러운 가시고기로 살아왔다는 회한(悔恨) 때문에 더 가슴이 아프다.

내 눈물로 인하여 어깨를 누르는 아버지의 무게를 조금이라도 덜 수 있다면 얼마나 좋을까? 아버지는 조롱당하고 희화(戱化)의 대상이 되어서는 안 된다. 산 같은 무게로 묵묵히 자식들을 걱정하는 아버지는 결코 어머니 무게보다 가볍다고 할 수 없기에 하는 말이다.

자식을 생각하며 묵묵히 일하는 아버지들에게 박수를 보낸다.

힘들게 살아가는 모든 아버지들에게 붉은 장미 꽃다발을 한아름씩 안겨드리고 싶은 오늘이다.

아버지로 산다는 것 Ⅱ

그 어떤 애증(愛憎)도 가지고 있지 않은 나의 가시고기 아버지. 그때 아버지는 하염없이 어디로 가려 함이었을까? 예닐곱 소년의 기억 속엔 초여름으로 기억된다. 흐르는 냇물 소리, 우거진 녹음에서 들려오는 새소리가 아련히 지금도 귀에 들릴 뿐. 그나저나 출근길에서 만났던 그 노모와 가시고기 할아버지가 오래오래 살아계시길 기도해 보지만 벌써 10여 년이나 더 흘렀다.

석굴암을
오르며

사람마다 여가를 즐기는 취향이 다르다. 지인들과 올레길을 걷는 사람, 동호회를 만들어 정기적으로 오름을 오르는 사람들도 있다. 가는 곳은 다르지만 모두 일상에서 벗어나려는 몸부림이다. 쌓인 피로와 스트레스를 해소하고 마음을 다스리려 함이다. 요즘은 자기만의 범주에서 힐링(Healing)을 하려는 사람들이 많아지고 있으며 모든 행사에 힐링이라는 단어가 자주 오르내리는 세상이다.

나도 올레길이나 숲길을 즐겨 찾는 편이지만 주로 혼자 가는 날이 많다. 가끔은 아내와 숲길을 찾기도 하지만 지친 몸과 마음을 힐링하려면 혼자라야 한다는 게 내 생각이다.

혼자 걸으며 자연과 하나가 되고 대화하면서 마음을 내

려놓을 때 쌓인 피로와 스트레스가 조금이라도 풀린다고 해야 할까?

최근 석굴암을 다녀왔다.

나처럼 혼자 오르는 사람이 많아 비교적 조용한 편이기도 하지만 주변 나무에서 들려오는 새소리와 식물들과도 아주 가깝게 교감할 수 있어 즐겨 찾는 곳이다.

석굴암 하면 모두가 경주 토함산에 있는 한국의 대표적인 석굴 사찰만 떠올리지만 제주에도 이렇게 소박한 석굴이 있다. 1947년 월암당 강동은 스님이 작은 새의 인도를 받아 창건했다고 전해져오고 있다.

시작부터 가파른 계단이다. 큰부리까마귀가 '가악 가악~' 적막을 깨운다. 오르막의 연속이다. 숨이 턱턱 차올랐지만 주변에 도열한 적송 군락의 기품에 힘이 솟는다. 장엄하다. 모진 비바람과 세월을 견뎌야만 보여줄 수 있는 기품 앞에 숙연해진다. 불가에서 말하는 하심(下心)이 이런가 하는 생각에까지 미치자 저절로 고개가 숙여진다.

이윽고 나타나는 조릿대 군락과 완만한 등산로를 지나자 아버지와 고등학생으로 보이는 아들의 대화가 살갑게 들려온다. 아마 진로를 놓고 고민하면서 아버지와 나누는 대화일

터이다. 아, 산중에서까지도 저토록 푸른 청춘들이 고민해야 하는 우리 교육 현실이 안타깝기만 하다. 내 아들들이 고등학생일 때 저렇게 살가운 격려와 조언을 해본 기억이 있는가? 부자(父子)의 대화가 날 가슴 아프게 한다. 후회가 밀려온다. 돌이킬 수 없는 옛날이어서 더욱 가슴이 아리다.

한 40여 분이나 지났을까? 내리막이다. 그윽한 명상의 말씀이 숲속 공기를 가르며 들려온다. 석굴암이 가까웠음을 실감케 한다. 깊은 산중에서 들려와서인가? 울림이 크다. 모든 것이 헛되고 부질없으니 탐욕을 버리라 한다. 열반의 세계로 나아가기 위해서는 올바로 보고 생각하며 말하라 한다. 마음을 내려놓고(下心) 여덟 가지의 길로 나아가라는 명상의 말씀에 마음이 숙연해진다.

그렇다. 불가에서는 그칠 줄 모르는 탐욕과 성냄과 어리석음, 이 세 가지 번뇌가 열반에 이르는 데 장애가 되는 삼독(三毒)이라 가르치지 않았는가? 욕심을 내려놓아야 한다. 모든 것이 마음에 달려있다는 일체유심조(一體唯心造)의 깨달음을 얻은 원효대사처럼 마음을 돌아봐야 할 일이다. 어느새 석굴암이다. 스님과 처자가 정답게 바라봐 준다. 좀처럼 보기 힘든 미소다. 합장 삼배를 한 후 내려오는 길에 산수국을 만났

다. 오를 땐 보이지 않았는데 허, 이 녀석도 석굴암에서 불심
을 받은 탓인가? 자연을 닮아서 꽃 색깔도 온통 초록이다.

두 시간여가 지나 다시 일상으로 돌아왔다. 모든 일에 힐
링이 대세인 요즈음이다. 그렇다면 석굴암으로 가 보는 건
어떨까? 세파에 찌든 몸과 마음을 조용히 자연에 맡기고 천
천히 올라가라. 몸과 마음이 저절로 편안해지고 치유가 되
리라.

석굴암을 오르며

세상사 모두가 일체유심조(一切唯心造)인걸. 그 깨달음으로 세상을 바라본다면 탐욕과 성냄, 어리석음 등 세 가지 번뇌가 우리 마음속에서 사라질진대 우리는 왜 그걸 모르고 삼독(三毒)을 마음속에서 걷어내지 못하는 삶을 사는지 안타깝기 그지없다. 살아있는 한 쉬운 일이 아니기에 나도 그렇다. 그래서 석굴암을 찾는다. 불자는 아니지만 잠시나마 하심을 하고 팔지성도(八支聖道)의 길에서 자신을 돌아보려 함이다.

아듀,
청마(靑馬)여!

최근 바쁘다는 핑계로 차일피일
미뤄두었던 미치 앨봄의 《모리와 함께한 화요일》이라는 책
을 읽었다. 모리는 루게릭병으로 몸의 근육이 서서히 죽어가
는데도 불구하고 세상을 떠나기 전 매주 화요일에 제자 미치
를 만나 인생을 주제로 열네 번의 대화를 이어간다.

살아있는 이들을 위한 열네 번의 인생 수업이라 칭하는
이 책에서 모리 교수는 사람들이 중요하다고 여기는 일들의
태반은 잠자는 것과 같이 삶에 무의미한 것이라고 가르친다.
세상 사람들은 모두 엉뚱한 것을 좇느라 인생을 헛보내고 있
다는 메시지를 준 이 책은 바쁜 연말을 보내는 현대인들에게
진정한 삶의 의미를 깨닫게 하는 데 시사하는 바가 크다.

갑오년(甲午年), 청마의 해를 맞으며 각오가 남달랐던 기억이 새로운데 벌써 세밑이다. 무엇을 좇아 한 해를 보냈는지를 돌아보게 된다.

난 설날 아침에 온 가족들이 있는 앞에서 세 가지 약속을 공표(?)했었고 그중 하나로 올해는 두 아들과 한라산 백록담 정상에 서겠다고 약속했던 일이 있었다.

난 실천했다.

하늘이 열린 지난 시월 삼일, 드디어 백록담 정상에 섰다. 백록담은 하늘과 맞닿아 있었다. 하늘과 맞닿아 있는 백록담에 선 그 감격은 내 인생 최고 감동으로 다가왔었다. 이런저런 일로 가족들이 시간을 못 내는 것은 물론 식사 한 끼 하기도 어려운 세상이 아닌가? 그래서 아들들과의 산행은 못다 한 숙제를 마친 듯 마음이 홀가분했다. 죽음 앞에서도 살아 있는 순간순간을 소중히 여기라고 가르치면서 가족보다 소중한 것은 없다는 모리 교수의 일갈이 아니더라도 가족들을 진정으로 사랑할 수 있는 계기가 되었다.

지금 이 시간, 가족들에게 공표한 약속 말고도 나 자신에게만 한 약속까지도 반추해 보고 있다. 하지만 계획대로 실천하지 못한 일들이 더 많아 가슴에 부끄러움만 한가득 채울 뿐이다. 안타깝다. 그러나 어쩌랴, 회한에만 싸여 있을 수는 없지 않은가? 다시 떠오르는 희망의 새해를 온몸으로 맞이하려면 훌훌 털고 일어서야 하기 때문이다.

누구나 연말이 되면 가는 해를 아쉬워하게 된다.

빠름이 기본인 현대사회에서 송년은 과연 어떤 의미가 있을까? 빠름을 기본으로 한 자동차, 인터넷, 스마트폰을 빼놓고 지금의 삶을 생각할 수 있겠는가? 그래서 너무 빠르고 바쁘게 생활하다 보니 무엇이 소중한 것이고 중요한 것인지를 놓치고 살아가는 게 아닌가 하는 생각을 지울 수 없다.

연말을 맞아 이런저런 약속들로 탁상달력과 스마트폰 다이어리에도 일정이 빽빽하다. 그 약속들이 정말 소중하고 중요한 것일까?

내가 추구하고 바쁘게 뛰어다녀야 하는 일들이 과연 의미 있는 일이기나 한 것일까? 정말 소중하고 중요한 것은 놓치면서 살아가고 있는 것은 아닐까? 끊임없이 자문하면서 값진 삶을 일구어 내야 할 것 같다. 행복한 삶과 죽음은 빠름과 조급증으로 얻을 수 없는 것들이기에 다시 한번 되돌아볼 일이다.

갑오년 새해를 맞으며 각오가 남달랐던 기억이 엊그제 같은데 벌써 세밑이라니. 육십갑자를 다 살아 환갑을 맞이하는 해라 더 설렘이 컸던 2014년 청마의 해도 이제 서서히 역사의 뒤안길로 자취를 감추고 있다. 무엇을 좇아 한 해를 보냈는지를 돌아볼 일이다. 이 시간 죽음 앞에서도 삶에 대한 진지한 성찰과 진실한 태도를 가지고 살아가라는 모리 교수의 일갈이 잔잔한 감동으로 다가온다. 살아있는 순간순간을 소중히 여기게 만드는 그의 가르침은 그가 없는 세상에서도 계속되었으면 한다.

하찮은 일들을 위해 소중한 우리의 삶을 낭비해서는 안 된다는 모리 교수의 말을 생각하며 을미년^(乙未年) 새해를 뜨거운 가슴으로 맞이했으면 좋겠다.

아듀, 청마^(青馬)여!

아듀, 청마(靑馬)여!

환갑이 되던 해 백록담에 오른 지 벌써 10여 년이 흘렀다. 세월이 빠름을 절감하지 않을 수 없다. 공자의 말씀대로 '일생칠십고래희(人生七十古來稀)'라고 한다면 벌써 장수 노인으로 추앙받으며 대접받을 나이가 되었지만 어디서도 그런 대접(?)은 받지 못하는 시대가 되었다. 설상가상 지금은 사람들이 칠십이 넘어서도 무대 중앙만 고집함은 물론 현역으로 착각하고 생활하고 있는 시대다. 도무지 젊은이들이 비집고 들어갈 틈이 없다. 모리 교수의 일갈처럼 사람들이 중요하다고 여기는 모든 일들은 다 헛되고 헛된 일이 아닌가? 가족 외엔 아무 의미가 없다. 삶에 무의미한 것들에 집착하지 말고 무대 중앙을 내려오는 삶을 살아야겠다.

사라지는
것들

젊은 시절 난 네 번이나 남의 집을 전전한 끝에 내 집을 마련했었다. 신구간(新舊間)만 되면 이삿짐을 싸고 새 보금자리를 찾느라 동분서주했던 것이 엊그제 같은데 벌써 30여 년 전 일이다.

지난주 신구간이 있었지만 제주는 조용하기만 했다. 내일이 새 철 드는 날 입춘이고 보면 언제 신구간이 있었는지도 모르게 봄을 그렇게 맞이하고 있는 것이다.

이 절기에 제주인 열 명 중 두세 명이 이사하면서 보여주던 눈물겨운 정경들은 이젠 사진첩으로만 남아있을 것이다. 칼바람을 맞으며 리어카를 끌고 온 식구가 이삿짐을 나르던 추억을 기억하는 세대들이 조용히 무대 뒤편으로 사라지고 있기 때문이다. 소통도 스마트기기로 하는 시대에 자기가 편할 때 이사하면 그만이지 신구간이 무슨 소용이 있단 말인가?

변하지 않고 사라지지 않는 영원한 것들은 없는 것일까? 자연이라고 영원한 것은 아닐진대 눈보라를 이겨낸 설중매들이 벌써 그 자태를 드러내고 있는 것을 보고 있노라면 오래 사라지지 말고 영원했으면 하는 마음이 간절하다.

어김없이 제철에 꽃을 피우고 아름다움을 보여주는 것은 그래도 자연밖에 없다는 생각이 든다.

일만 팔천 신들에 의지해서 살아왔던 제주인들이 사라지고 있다. 아니, 제주인들 생활방식이 사라지고 있다. 고유문화와 세시풍속이 사라지고 자연환경도 시나브로 변하고 있다. 산업화와 첨단 디지털 기기에 밀려 사라지는 것들이 어디 한둘이랴? 불미간이라 불리며 농기구를 만들던 대장간과 불미공예(鑄物工藝)도 이젠 전통 민속축제장에서나 볼 수 있을지 모르겠다.

지난달 오스트레일리아 산업부가 머지않은 미래에 은행 창구직원 등 직업 50만 개가 사라질 수 있다는 보고서를 내놓은 적이 있다. 그러자 기다렸다는 듯이 워싱턴포스트(WP)

지^(誌)가 이 같은 비판적 전망에도 불구하고 10년 후에도 살아남을 수 있는 직업들을 선정해 눈길을 끈다. 하루가 다르게 변하는 시대에 10년 후에도 살아남을 수 있는 직업들은 과연 얼마나 될까?

의사, 변호사 등 전문직도 포함돼 있었지만 블루칼라 계층이라 불리는 벽돌공, 목수 등이 계속 살아남을 수 있는 직업군^(群)에 속해 있었다. 디지털 시대에 지극히 아날로그 방식으로 일을 하는 벽돌공이 살아남을 수 있다니 놀라웠다. 벽돌공이 지속 가능한 직업군이라는 데 박수를 보내고 싶다.

그렇다. 아무리 인공지능이 발달하고 로봇이 인간이 할 수 있는 모든 것을 한다 해도 세심한 지적 능력까지 인간을 따라올 수 없다는 데 주목한 모양이다.

이젠 모든 일을 기계가 하는 세상이 되었다. 아니, 가족과의 대화도 SNS로 하고 얼굴도 마주하지 않는 시대가 아닌가? 끔찍한 일이다. 최근 지나친 정보화기기 사용은 인간은 물론 가족 간의 사랑도 파멸로 이끌 수 있다는 프란치스코 교황의 말씀은 정보화 시대에 간과하지 말아야 할 잠언으로 삼아야 하지 않을까?

1차 산업인 농업에서도 사람이 하는 일은 거의 없다. 사람은 스마트기기만 다루면 그만이다. 끔찍한 일이다. 조금 불편하더라도 아날로그 방법으로 소통하는 삶을 영위해보는 건 어떨까? 다산 정약용이 아들들에게 쓴 편지가 몇백 년이 지난 지금도 우리의 심금을 울리는 것을 보라. 지금 이 시간에도 스마트폰에서 눈을 떼지 못하는 독자들이 있다면 스마트폰을 내려놓고 주위를 둘러볼 일이다. 그리고 육필로 손편지를 써 보내보는 건 어떨까? 사라져가는 것들을 온전하게 보전하는 것은 미래의 삶을 한층 풍요롭게 할 것이기에 하는 말이다.

12월의
장미

　　뜨락에 장미가 피었다. 12월에 장미를 만나다니 놀라움을 금할 수가 없다. 한겨울에 어떻게 저런 빛깔을 뽑아냈을까 할 정도로 곱고 앙증맞다. 태양이 그리워서일까? 검붉은색이 아니고 연분홍색을 띠고 있다. 장미꽃은 정열적인 6월의 태양을 먹고 피어야 제격인데 피어 있는 모습이 초라하기 그지없다.

　　이 어인 일일까? 뜬금없이 앵두꽃이 피더니 백 년 만에 한 번 꽃을 피운다는 소철도 피고 있으니 내 뜨락에선 지금 무슨 일이 벌어지고 있는 것일까? 행여 백 년 만에 한 번 피는 꽃을 보면 행운을 가져다준다는 속설처럼 나에게 큰 행운을 가져다주려는 것이면 얼마나 좋으랴만 내 마음은 왠지 불편하기 짝이 없다.

　백 년 전 영국인 식물학자가 세계에 알린 한라산 구상나무가 이젠 멸종위기종으로 관리되고 있는가 하면 감귤이 전라도와 중부지방에서 재배되고 자리돔이 강원도 동해에서 잡히고 있다고 한다. 지구 온난화가 빠르게 진행되고 있다는 증거이리라.

　지구 온난화로 남극 빙하가 사라지면서 우리나라 기온은 2050년이 되면 평균 3도 이상 상승한다는 연구 결과들이 속속 발표되고 있다. 전국이 아열대 기후로 확대될 것이 확실해 보인다.

　초등학교 4학년 무렵으로 기억된다. 당시 나는 지금 살고 있는 중산간 오지마을(?)에서 폭설로 학교를 일주일이나 못 갔던 기억이 생생하다. 겨울이면 1m 이상 눈이 쌓이는 것이 다반사였으니 지금은 상상도 못 할 일이리라. 이젠 겨울에 눈도 오지 않고 전국이 아열대 기후로 변하고 있는데도 불구하고 우리는 온난화의 심각성을 망각한 채 살아가고 있는 건 아닌지 생각해볼 일이다.

　자연생태계의 변화는 또 어떤가?

　지난 백여 년 동안 봄철 식물의 개화 시기가 한 달 정도

앞당겨졌다고 한다. 2050년이 되면 전국이 아열대 기후로 변하면서 생물의 멸종을 가져올 수도 있다. 최근 몇 년 사이 제주도에 울울창창했던 소나무가 대부분 사라진 걸 절감하는 사람이 몇이나 될까? 과연 이게 재선충병이 그 원인이라고만 단정하기에는 뭔가 생각해야 할 점이 많아 보인다. 기후 변화에 따른 생태 환경이 소나무를 말라 죽게 하는 건 아닌지 곰곰이 생각해보아야 할 것이다. 한대성인 한라산 구상나무가 사라지고 난온대성인 제주조릿대가 왕성한 생명력을 과시하며 한라산 생태계를 교란시킨 지 이미 오래고 극지식물인 한라산 시로미나 돌매화도 곧 사라질 날을 보게 될 것이다. 안타깝다.

눈이 1m 이상 쌓여 학교를 일주일간 못 갔던 기억이 새삼새롭게 다가온다. 그 시절이 그립다. 배만 곯지 않는다면 걱정거리가 별로 없었던 옛날로 돌아가고 싶다. 종이마저 없어 보릿짚을 변소(便所)에 놓아두었던 그 시절의 생생한 자연생태계로 회귀하고 싶기에 하는 말이다.

내일이 동지이다. 동지섣달 긴긴밤이라고 했던가? 이제 동지가 지나면 밤의 길이가 점점 짧아지며 다시 태양이 부활하기 시작하리라! 그렇다. 팬데믹으로 우리를 힘들게 했던 신축년 한 해가 서서히 저물어 가고 있다. 내년에는 제발 코로나19가 사라지고 내 뜨락에서도 12월의 장미를 보지 않기를 기원해 본다. 아듀! 2021!

12월의 장미

　　12월의 장미를 본 지가 몇 년 지나지 않았는데도 불구하고 내 뜨락은 시나브로 온난화의 영향을 받는 듯하다. 6월의 태양을 먹고 피던 장미가 이젠 5월 초에 꽃을 피우는가 하면 능소화도 일찍 꽃을 피웠다. 온난화와 척박한 환경 때문에 일찍 꽃을 피우는 걸 모르고 우린 백 년 만에 한 번 피는 꽃이라고 좋아한다. 꽃을 피워 올렸던 탓일까? 소철이 올해엔 잎을 밀어 올릴 생각이 없다. 기력이 다한 탓이리라. 모든 게 인간 탓이다. 자연을 소홀히 하고 파괴해 나간다면 앞으로 닥칠 재앙은 모두 인간 몫이 아닐까?

178년 만의 귀향,
세한도(歲寒圖)

"세상은 온통 권세와 이득을 좇을 뿐인데 권세 있는 사람에게 책을 보내지 않고 바다 멀리 초췌한 유배객에게 보내주었습니다. 지난해 만학집과 대운산방문고 두 책을 부쳐주고 올해 또 황조경세문편을 보내주었습니다. 이 책들은 세상에 늘 있는 책이 아니고 천만리 머나먼 곳에서 몇 해를 두고 구한 책들입니다. 게다가 세상의 흐름은 온통 권세와 이득을 좇을 뿐입니다. 이 책들을 구하기 위해 이렇듯 마음을 쓰고 힘을 썼으면서도 권세가 있거나 이익을 줄 수 있는 사람에게 보내지 않고 바다 멀리 초췌하고 깡마른 유배객에게 보내주었습니다. 공자께서는 '한겨울 추운 날씨가 된 다음에야 소나무가 시들지 않음을 안다.'라고 말씀하셨습니다. 지금 그대는

귀양 이전과 이후 달라진 것이 없는 나에게 이렇게 정성을 들이다니 그 어찌 감사한 일이 아니겠습니까?"

김정희는 그림 왼편에 세한도를 제작한 이유를 이렇게 밝혔다. 그는 안동 가문 세도정치가 심해지면서 정쟁에 휘말려 제주에서 8년 4개월이나 유배 생활을 하게 된다. 가시울타리에 둘러싸여 고립된 나날을 보내면서도 늘 지인들을 고마워하다가 그린 서화(書畵)가 국보로 우리에게 돌아왔다.

바로 추사 김정희 세한도 이야기이다. 세한(歲寒)의 시기를 버티고 유배 생활을 끝낼 수 있었던 것은 바로 지인들이 보내준 책들이 있어 가능한 일은 아니었을까?

그의 말대로 지금도 권세와 이득을 좇는 세상이 아닌가? 그럼에도 불구하고 이상적은 달랐다. 아무런 권세도 없고 이득도 줄 수 없는 스승을 잊지 않고 귀한 책들을 보내준 것이다. 천만리 먼 나라에서 구한 책들을 이상적이 보내주지 않았더라면 세한도는 아마 세상에 탄생하지 못했을지도 모른다. 가시울타리 속에 둘러싸여 외부와 단절된 고독한 나날을 보냈지만 그에게 빛이 되어준 제자 이상적을 비롯한 지인들 때문에 세한의 시기를 버티어내었으리라. 그래서 세한도는 가장 힘들고 어려운 시기에 깨닫게 되는 인생의 소중한 교훈은 아닐까?

전하고자 하는 뜻을 함축적으로 표현하려면 가슴속에 천만 권의 책을 품어야 그릴 수 있다는 김정희가 그린 세한도에는 정말 눈에 보이지 않는 추위와 시련까지도 표현돼 있어 보는 이로 하여금 음산한 느낌이 들게 한다. 제주의 겨울을 가장 함축적으로 표현하지 않았나 하는 생각이 들었다.

지난 오월 초 세한도 귀향을 눈으로 확인하고 싶어서 국립제주박물관을 찾았었다. 사회적 거리 두기가 해제되어서 일까? 평일인데도 불구하고 박물관에는 관람객들로 붐비고 있었다. 잘 다듬어진 산책로와 연못 주변엔 봄꽃이 꽃불을 피워 놓고 있었고 야외 전시장엔 벌써 초록이 한창이었다.

상설전시실과 실감 영상실을 거쳐 특별전이 열리는 기획전시실로 향하였다. 세한도를 만나기 전 유배 생활을 하면서 추사가 느꼈을 음산한 제주 겨울을 표현한 영상에 몰입해 본다. 영상을 보면서 세한 속의 추사가 나인지 세한도를 마주한 내가 추사인지 잠시 호접몽(胡蝶夢)의 세계로 나를 인도하는 듯했다면 너무 과장된 언사일까?

영상에 도취함도 잠시, 14m가 넘는 세한도 두루마리 전체가 전시실을 가득 채운 모습이 눈앞에 펼쳐졌다. 정말 눈에 보이지 않는 추위와 시련까지도 표현돼 있는 것 같은 느낌을 지울 수가 없었다.

공자가 "한겨울 추운 날씨가 된 다음에야 소나무가 시들지 않음을 안다."라고 했던가? 그렇다. 세한도는 한겨울에도 푸르름을 잃지 않는 송백(松柏)과 같이 시련 속에서도 신의를 지킨 제자와 자신을 압축적으로 표현한 건 아닐까?

178년 만의 귀향이라니 경이롭다 못해 신비한 일이다. 우리 선조들의 안빈낙도와 풍류에는 늘 경외감을 갖게 된다.

요즘 지방선거 운동이 한창이다. 일부 후보들은 권세와 이득을 좇아 감언이설과 위민으로 포장된 공약(公約)을 마구 쏟아낸다. 추사가 환생한다면 이들에게 과연 어떤 이야기를 들려주게 될까? 지역감정을 부추기고 유권자를 현혹해 권세를 얻게 된다면 과연 행복할까? 측은한 마음을 금할 수 없다.

"권세와 이득을 좇지 않고 이렇게까지 신경을 써준 자네가 고맙네."

추사 김정희가 제자를 향해 조용히 속삭이는 듯한 소리가 들려오는 오늘이다.

178년 만의 귀향, 세한도(歲寒圖)

　　스승과 제자라는 말이 마음에 와닿지 않는 시대가 되었다. 위리안치(圍籬安置)의 힘든 유배 생활 속에서도 책을 가까이하는 추사의 모습도 아름답지만 그야말로 아무런 권세와 이득을 줄 수 없는 스승에게 이역만리 먼 곳에서 귀한 책을 구해다 주는 제자 이상적이 보여준 스승 사랑을 우리는 기억할 필요가 있다. 감언이설과 위민으로 포장된 공약들이 난무하는 세상에선 백성들의 힘겨운 삶만이 존재할 뿐이다. 권세만을 좇는 지금 이 시대, 우리는 세한도가 주는 교훈에 주목할 일이다.

가을 편지

어느새 밤공기가 차다. 추분이 지났으니 이제 가을은 소리 없이 우리 곁에 성큼성큼 다가올 것이다. 곧 찬 이슬이 내리고 가을볕에 곡식이며 과일들이 영글 때쯤 한라산 자락으로부터 오색 단풍이 와르르 내려올 것이다.

가을이다. 난 가을이 오면 고은의 시(詩) 노래 '가을 편지'를 떠올리게 된다. "가을엔 편지를 하겠어요. 누구라도 그대가 되어 받아 주세요." 아, 쓸쓸하기에 더 아름답게 느껴지는 가을 편지를 암송하며 내 소년 시절의 가을을 다시 생각한다. 그 시절 그 소년이 되어 편지를 쓰는 상상을 한다. 내 편지를 받았던 그 소녀는 지금 어디에 있을까? 다시 그 소녀에게 편지를 쓰고 싶다. 소년의 감정이 아직도 내게 남아 있건만 먼 옛날이야기이니 기억이 아련하기만 하다.

당시는 편지가 유일한 소통 방법이었다. SNS로만 소통하는 시대에 무슨 고리타분한 편지 얘기냐 할지 모르지만 육필(肉筆)로 쓴 편지는 사람의 마음을 파고드는 마력이 있다. 감정에 큰 울림을 준다. 글씨에선 그 사람의 체취가 느껴진다.

오프라인에서 육필로 편지를 써 본 지가 언제인지 난 기억조차 없다. 하지만 분명한 건 이 가을밤에 정확히 51년 전 편지를 다시 읽고 있다는 얘기다.

"운진아 읽어보렴."으로 시작된 편지는 빗속을 달리는 버스에서의 소회, 나와의 시간, 그 밖에 당신을 싸고 돌던 숱한 일들에 대한 회한과 반성으로 가득 채워져 있으며 환경이 네게 주는 것을 탓하지 말고 집념할 수 있어야 한다는 얘기, 더한층 집착했으면 한다는 이야기, 계획의 100%는 무리겠지만 가까운 수치에는 도달할 수 있어야 하고 여유 있는 대로 상식 문제도 충분히 넓힐 수 있어야겠다는 내용도 들어 있다.

난 지금의 네 만큼도 못해봤다만…. 바나로 차를 만들어 끓여 마시거라. 한결 몸을 깨끗하고 정결하게 해 줄 것이다. 네

주위에 난관이 생겼을 때는 언제든지 얘기해라. 항상 네 주위에 있어 주겠다.(중략)

내가 고등학교 2학년 겨울방학 때이니까 반세기가 넘은, 연필로 쓴 그 편지를 난 아직도 간직하고 있다. 겨울방학에 당시 우리 마을의 유일한 대학 출신인 B형으로부터 온 편지이다. 당시 B형은 대학을 마치고 동쪽에 있는 어느 초등학교 선생님으로 아이들을 가르치다가 방학을 이용해 고향에 들렀던 것이다. 그러고는 후배인 나를 유심히 봐 두었다가 친구들과 허송세월을 보내는 후배가 너무 안타까웠을지 모른다. 당시 나는 농업고등학교에 다니고 있었고 대학 진학은 생각하지도 못했다. 그저 고등학교까진 보내야겠다는 어머니의 정성으로 학교를 붙잡고 있었는지도 모른다.

난 그 편지를 지금도 원본으로 가지고 있다.

누렇게 퇴색되고 곧 떨어질 것 같은 얇은 편지지에 연필로 정갈하게 쓴 글씨가 50여 년이 지난 지금도 또렷하다. 성성하다. 50여 년이나 지난 편지를 갖고 있다고 자랑하는 건 아니다. 내가 이 편지를 지금껏 갖고 있는 이유는 분명하다. 이 편지가 내 인생의 진로를 바꾸는 터닝포인트(turning point)

역할을 했기 때문이다. 그 편지를 읽고 공부를 시작했지만 농고(農高) 3학년이 돼서야 대학 공부를 하겠다는 그 자체가 무리였다. 그해 입시에 낙방하고 재수를 거쳐 대학에 갈 수 있었고 지금의 내가 있다.

그때 그 아이가 그 편지를 받지 않았으면 지금 어떻게 성장하였을까? 무척 궁금하다. 내 인생의 멘토이신 B형, 그분이 아니었다면 난 교직에 들어서지도 못했을 것이다. 오늘의 나도 없었을 것이다. 내가 대학원을 졸업하면서 석사학위 논문을 맨 먼저 마산에 있는 병원으로 발송했지만 안타깝게도 그 논문을 받아 보지도 못하고 자연으로 돌아가셨다.

이제 B형이 다시 그리워진다. 진정 스승이 사라지고 멘토가 사라진 시대이지만 B형 같은 멘토들이 선배들이 많이 있어야 사회가 발전하고 방황하는 젊은이들의 등불이 될 텐데, 편지가 사라진 자리에 SNS 문자와 정이 없는 해괴한 카카오톡 문자들이 사이버상에서 우리를 덮치는 세상이 무섭다.

이 시대 진정한 멘토들이 많이 나와 우리 젊은이들이 방황을 끝낼 수 있기를 바라는 마음이었을까? 최근 난 다산(茶山)의 편지도 다시 읽은 적이 있었다.

다산 정약용 선생은 18년간 강진에 유배되어 생활하면서

많은 영향을 끼친 실학자이자 교육자이다. 나는 그가 실용
학문의 경지를 개척한 것보다는 참다운 부모로서의 역할을
한 것이 더 존경스럽다. 그가 유배생활 동안에 아들에게 보
낸 편지는 몇백 년이 지난 지금 읽어도 큰 감동을 주기 때문
이다.

새해를 맞이하여 다산이 유배지 강진에서 두 아들에게
보낸 편지에는 사람이 살아가는 데 있어서 마땅히 지켜야 할
이치며 폐족(廢族)이지만 예의를 중시해야 하고 항상 독서를
게을리하지 말아야 다시 기회가 온다는 다산의 절절한 부탁
이 들어있다. 평범한 아버지로서 자식 사랑이 눈물겹게 느
껴진다.

끊임없는 공부와 독서의 필요성, 홀로 계신 어머님에 대
한 효도, 임금에 대한 도리도 잊지 말아야 한다는 내용에서
는 자신을 유배 보낸 임금에 대한 원망보다는 참다운 용서의
진수를 보여주는 것 같아 가슴이 찡하다.

편지로써 두 아들을 교육하면서 유배 생활을 이어간 다
산 정약용. 항상 책을 가까이해야 다시 기회가 찾아온다는
내용은 지금을 살아가는 우리 아이들에게도 큰 울림을 주는
대목이다.

SNS로만 대화하고 가족의 눈조차 마주치지 않는 시대, 육필로 쓴 편지란 있을 수 없는가? 이 시대 B형이나 다산과 같은 진정한 멘토를 만나는 건 꿈같은 일인가?

대화가 없는 무서운 세상이다.

이런 세상일수록 편지는 더욱 필요하다. 편지는 읽는 사람의 마음을 움직여 가족과 연인 사이의 사랑을 더욱 새록새록 엉글게 할 것이다.

이 가을, 편지를 주고받고 싶다. 편지를 주고받으며 좀 시대에 뒤떨어진 사람으로 살아보고 싶다. 내가 육필로 편지를 쓰거나 받아 본 지가 꽤 오래되었기에 하는 말이다. 아마 그때 그 소녀에게 편지를 띄웠던 것이 마지막이었을지도 모른다.

그 소녀에게 편지를 썼던 그 소년은 아직도 내게 있을까? 잠시 호접몽(胡蝶夢)의 경지로 나를 인도한다. 아직도 내게 그 소년이 있어 이 가을에 편지를 쓰고 누구라도 그대가 되어 받아 볼 수 있다면 얼마나 좋을까? 편지를 주고받던 그 시절이 그립다.

가을 편지

B형의 편지 원본은 최근 개관한 제주문학관에 2021년 10월 23일에 기증하였다. 얇은 편지지에 연필로 쓴 대표적인 서간문이며 내용도 문학적인 가치를 더하고 있기에 제주문학관에 영구히 보관되면서 힘들게 살아가는 현재의 젊은이에게 도움이 되었으면 하는 마음이다.

교육과 삶,
40년

        B형, 그날이 기억납니다. 기쁨과 설렘으로 남제주군에 있는 무릉초등학교를 찾아 떠나던 기억 너머 그날 말입니다. 첫 부임지는 마치 지구 끝에 있기나 한 것처럼 저를 태운 시외버스는 속절없이 달리기만 했었지요.

    그곳에서 시작한 교직 40년. 이후 순박하기만 한 농촌 아이들과 함께하는 교육은 제 삶이었고 제 인생의 전부였습니다. 가난이라는 굴레를 뒤집어쓴 채 방황하던 나를 일으켜 세우며 환경이 네게 주는 것을 탓하지 말고 집념할 수 있어야 한다는 B형의 편지가 결국 저를 끝까지 교원의 길로 이끈 셈이지요. 이제야말로 정말 원숙한 교육을 시작해도 좋을 것 같은데 지난 2월 정년퇴임을 했습니다. 직원들이 마련한 퇴임식장에 들어서며 제일 먼저 B형을 떠올린 건 또 무슨 연유일까요? 교육이 뭐 별게 있느냐고 교육은 그저 아이들을 가슴으로 보듬고 사랑할 때 저절로 풀려나가는 실타래와 같다고 하신 말씀이 그 어느 교육학자의 심오한 교육이론보다 더 살갑게 다가왔기 때문은 아닐까요?

B형, 전 교육을 하는 내내 초심을 잃지 않았습니다. 부끄럽지 않게 교육을 했습니다. 학교를 뒤로하고 들판을 쏘다니던 녀석, 졸업식 날 저녁 까만 비닐봉지에 조기 두 마리를 가져왔던 녀석들이 마음의 문을 열고 어엿한 사회인으로 살아가고 있음을 확인했으니 하는 말입니다. 학교를 그만둔다는 녀석을 잡아놓고 초등학교는 졸업해야 사람 구실을 할 수 있다고 다독였었지요. 녀석이 40여 년 지난 지금 중소기업 사장으로 제 앞에 나타났을 때 저는 알았습니다. 녀석의 닫힌 마음의 문을 연 비밀의 열쇠가 무엇이었는지를요. 녀석은 요즘도 가끔 타향에서 외로울 땐 어눌한 어투로 제 전화기에 찾아오곤 합니다. 교원, 문인, 군인, 사업가 등 무수하게 많은 제자들을 길러냈건만 녀석은 유독 제 가슴에 못으로 박혀 있는 제자이기도 하네요.

B형, 지금은 스마트기기를 장착한 무수한 교육 매체와 자

료들로 넘쳐나건만 차가운 밤거리를 헤매고 방황하는 아이들은 더 많아지고 있는 교육 현실을 어떻게 받아들여야 할까요?

겉으로는 교육과 사랑을 외치면서 자기가 만든 틀 속에 아이들을 가두어 놓고 매뉴얼대로 교육을 하려는 안타까운 교육학자들이 많은 까닭은 아닐까요? 제4차 산업 혁명 시대의 도래에도 불구하고 따뜻한 감성과 사랑만이 인공지능과 빅데이터를 지배할 수 있다는 걸 후학들이 알았으면 하는 마음입니다. 정년퇴임을 하니 이제야 알겠습니다. 사랑이 배제된 교육은 교육이 아니라 훈련일 뿐이라는 당신의 말뜻을 말입니다. 40년간 교육을 하면서 심오한 교육이론을 적용해도 풀리지 않았던 문제를 이제야 풀었다고나 할까요? 그렇게 저와 초록 동색인 녀석들이 어려운 환경에 굴하지 않고 일어선 게 그걸 증명하니까요.

B형, 뜨락의 매화가 벌써 지기 시작하는군요. 춘분을 앞둔 오늘 봄빛은 이렇게 찬란한데 그때도 이맘때쯤이었을까요? "난관이 생겼을 때는 언제든지 얘기해라." 당신이 내게 한 얘기가 45년이 지난 지금도 또렷하네요. 이제 민간인으로 살아가는 첫 봄날에 곁에 없는 당신을 그려봅니다. B형, 고맙습니다.

교육과 삶, 40년

　　제주학생문화원을 끝으로 교단에서 정년 퇴임한 지가 어언 8년이 되어가고 있다. 교육과 삶 40년이 그렇게 지나갔듯 민간인으로서의 내 인생도 그렇게 경륜이 쌓여가고 있건만 아직도 문득문득 자연을 닮은 아이들의 웃음과 운동장이 그리울 때가 있다. 이제 다시 돌아갈 수 없는 시절이지만 또 다른 내 삶에 활력소를 불어넣어 주는 건 그때의 그리움이라 말할 수 있다.

　　내 수상록 속에 자주 B형이 언급되기도 해서 독자들이 식상해할지 모르지만 내 생에 터닝포인트를 제공해 준 분이라 어쩔 수 없다. 가난 속에서 밤거리를 헤매고 방황하는 부랑아를 교원으로 이끌어 주신 B형의 명복을 빈다. 또한 교육이라는 틀 속에서 잠시나마 나를 만난 아이들이 이 세상 어딘가에서 찬란한 행복을 가꾸며 살아가길 간절히 기도한다.

까치,
죽음을 예고하다

인간과 동물은 어떤 차이가 있을까? 인간만이 만물의 영장이라는 말은 맞는 말일까? 동물들을 관조(觀照)하면서 종종 나에게 던지는 질문들이다. 인간도 식욕을 채운 후 배설을 하며 그렇게 동물과 똑같은 삶을 영위해 나간다. 더구나 날짐승이 보내는 절박한 구조요청마저 알아차리지 못했다면 더욱 동물과 다를 게 없지 않은가? 인간은 동물과 어떤 차이도 없다는 생각에 이르자 녀석의 죽음에 대한 자책감이 밀려온다.

그날도 난 텃밭에서 채소 모종을 심고 있었다. 땀이 등을 흥건히 적실 즈음 휴식을 위해 농막으로 향했다. 어쩌랴, 텃밭에서 생활하려면 필요한 게 농막이기에 적지 않은 돈을 들여 마련한 것이다. 농막을 마련한 지 어느덧 6년. 주로 자연에서 숨을 쉬고 싶을 때 찾는 나의 아지트(?)라고나 할까? 그동안 각종 과수며 채소를 가꾸며 풍성한 식재료를 얻을 꿈에 부풀었었다. 하지만 한두 계절이 지나자 부푼 꿈은 물거품이 되고 말았다. 그래서 요즘은 곶자왈만 만들지 않겠다고 다짐을 하게 된다. 텃밭이 곶자왈만 되지 않아도 초보 농부는 면할 수 있기에 하는 말이다.

농막에 들어서려는 순간이었다.

까치 한 마리가 농막 앞에서 미동도 하지 않는다. '엉? 이 녀석 봐라?' 가까이 다가가도 움직이지 않아 발을 한번 '통' 구르자 그제야 나무 밑으로 마지못해 몸을 숨긴다. 고개를 갸웃하더니 이내 다시 앞으로 나온다. 날아갈 의사가 없는 것 같아 보여 더 가까이 다가가자 그제야 '폴짝' 나무 위로 올라앉았다.

작년이었나? 문득 정원에서 중상을 입은 직박구리를 구조했던 생각이 났다. 야생동물 구조센터에 전화할까 하다가 이 녀석은 겉으로 봐선 멀쩡해 보이기에 관두었다.

며칠 후 다시 텃밭을 찾았다.

그런데 이게 어인 일인가? 농막 입구에 까치 한 마리가 죽어 있었다. 내 앞에서 미동도 하지 않으려던 바로 그 녀석이었다. 멀쩡해 보였지만 자꾸 다가오는 게 이상하게 느껴지기는 했다. 구조해 달라는 절박한 신호를 내가 놓친 것이다. 안타깝다. 신고하지 못했던 게 자꾸 마음에 걸린다.

까치와의 조우는 그렇게 끝났다. 모든 생명은 소중하다. 내 텃밭에서 생을 마감한 녀석이 좋은 세상으로 떠났길 기원해 본다. 녀석의 죽음이 농약에 의한 것인지 아니면 어떤 다른 요인에 기인한 것인지는 알 수 없다. 다만 '저를 살려주세요. 제발!' 하면서 보낸 신호를 감지하지 못한 내가 안타까울 따름이다.

이상기후로 유월부터 시작된 폭염의 기세가 드세다. 하지만 계절의 변화는 어김이 없는 듯 8월에 접어들면서 아침저녁으로 선선한 기운이 역력하다. 곧 입추(立秋)인 걸 보면 이제 가을도 머지않았으리. 올가을에는 내 텃밭에서 더 이상 안타까운 죽음을 맞닥뜨리지 않았으면 좋겠다.

오늘도 초보 농부의 하루가 그렇게 저물어 간다.

까치, 죽음을 예고하다

쪼그리고 앉아 밑을 내려다본다면 거기에 마이크로 세상이 있다는 걸 요즘 실감하면서 살고 있다. 텃밭에서 꼭 쪼그려 앉거나 내려다보지 않아도 동식물들의 삶을 들여다보고 있노라면 인간의 삶과 진배없는 동식물들의 세계를 들여다보게 된다. 이젠 텃밭을 마련한 지 어느덧 12년이 넘어가고 있지만 아직도 동식물들의 처절한 삶에 공감하지 못하고 함부로 대할 때가 한두 번이 아니다. 신비롭고 경이로운 그들의 세계에 인간이 훼방꾼이 되어서는 안 된다. 인간은 생명에 위해를 가하지 않으면서 텃밭에서 그들과 공존할 방법을 모색해야 하지 않을까?

제4부

내 뜨락의 가을

내 뜨락의
가을

시월은 맹동이라 입동 소설 절기로다./ 나뭇잎 떨어지고 고니 소리 높이 난다./ 무 배추 캐어 들여 김장을 하오리라./ 사람의 자식 되어 부모 은혜 모를소냐./ 의복 음식 잠자리를 각별히 살펴드려/ 행여나 병 나실까 밤낮으로 잊지 마소.

농가월령가^(農家月令歌)의 일부분이다. 일 년 동안 해야 할 일과 계절마다 알아두어야 할 세시풍속들을 노래하고 있어 조선 시대 서민문화를 알 수 있는 훌륭한 문학작품이다. 시월령을 보면 농사일이 끝난 초겨울이라 입동과 소설을 대비하여 김장을 할 것을 주문하고 있다. 또한 나뭇잎이 떨어져 찬바람이 부는 계절이니 부모 은혜를 잊지 말고 잘 보살피라고 일갈(一喝)한다.

농가월령가는 디지털 시대인 지금도 틀린 말이 하나도 없다. 온고이지신(溫故而知新)이라 했던가? 오히려 새겨듣고 실천할 때 자신의 삶을 더 풍요롭게 하지 않을까? 시대가 변하고 세시풍속은 변했다고 하지만 뭇 생명들 가을 나기를 지켜보면서 실학자 정학유의 촌철살인 같은 지혜가 우리를 따뜻하게 한다.

불잉걸을 쏟아붓는 것 같은 폭염은 다 어디 가고 내 뜨락에도 이제 가을이 가득하다. 하늘 높이 나는 고니 소리는 들리지 않지만 직박구리 부부가 가을을 만끽하며 내 뜨락에서 사랑을 나누고 있다. 내 움직임이 부담스러웠을까? 이내 저 공비행으로 스르르 자리를 뜬다. 은근히 그들을 방해한 것 같아 쑥스러워진다. 담장 밑에 있는 까치 녀석은 미동도 않고 나를 주시한다. 녀석을 보며 불현듯 어릴 적 담장 밑에서 볕바라기를 하고 있던 내 유년의 모습이 떠오르는 건 어인 일인가?

가뭄으로 세상에 나오지 못하던 녀석들이 힘겹게 가을을 나는 모습은 정말 눈물겹다. 여름에 발아하지 못한 샐비어 이야기이다. 녀석이 작은 몸에 이제야 힘겹게 꽃등을 달았

다. 곧 다가올 겨울을 의식한 듯 분신을 남기고 자연에 묻히려 종종거리는 모습이 안쓰럽다. 곧 찬바람이 자신을 덮친다는 걸 실감했음이리라.

앵두는 가장 먼저 겨울을 준비하는 듯하다. 벌써 마른 잎들을 뜨락에 다 떨어뜨려 놓았다. 바삭한 단풍잎들과 함께 곧 바람 속으로 모습을 감출 태세다.

까만 열매를 하염없이 땅으로 떨어뜨리는 까마중 녀석은 가을이 한창이다. 아내가 여름 한철 그렇게 따 먹었는데도 불구하고 여전히 왕성한 번식력이라니…. 그래서 자연은 예나 지금이나 변함이 없는 게 아닐까? 순응하며 받아들이고 제 생명을 자연에 맡기려는 생명들에게 인간들은 겸허히 고개를 숙여야 한다.

뜨락에서 몰아내려는 내 노력을 비웃기라도 하는 것일까? 여름 한철 뽑아내다가 남은 털머위가 굵은 꽃대를 밀어 올렸다. 튼실하다. 노란 꽃망울을 달고 찬바람에 맞설 태세다. 끈질기게 내 소매를 붙잡는 녀석이라 이제 식구로 받아들여야 할 듯하다. 그늘에 있어 맥을 못 추던 송엽국은 찬바람이 불어야 제 영역을 넓힌다. 녀석은 봄에 꽃을 피워야 제격인데 이상한 일이다. 이상기후에 놀란 생명들이 제 계절을 잊은 건 아닌지 걱정이 된다.

상강도 지나고 이제 곧 입동(立冬)이다. 흰 눈이 우리 집 뜨락을 가득 메울 때쯤 녀석들은 눈 속에서 새봄을 꿈꿀 것이다. 겨울이 오기 전에 제 부모와 주변을 돌아볼 일이다. 농가월령가를 떠올리지 않더라도 안부 전화 한 번 하는 것은 부모님을 더없이 기쁘게 할 것이기에 하는 말이다.

이제 나도 겨울 채비를 해야겠다.

시월에

　　　　　어김없이 새벽이 다가왔다. 누구
에게나 찾아오는 새벽이지만 잠에서 일찍 깬 사람만이 누리
는 고독과 마주한다. 미물들마저 잠들어 있는 새벽 정적이라
니. 잠에서 깨어났다는 건 또 얼마나 감사한 일일까? 어둠을
이겨내고 다시 생명을 얻었다는 것이기에 새벽이 그렇게 반
가울 수가 없다.

　새벽 산책길 농로엔 찬바람이 가득하다. 이제 곧 한로(寒
露)라 밤의 길이는 점점 길어지고 가을도 깊어지리라. 동녘
이 희끄무레 밝아오면서 즐비하게 늘어선 타운하우스들이
눈에 들어온다. 풍년을 기약하던 추곡들은 다 어디로 갔을
까? 가을은 바야흐로 수확의 계절이기에 추곡이 사라진 제

주 들녘이 나를 슬프게 한다.

시월이 이제 막 시작되었다. 시월에 농촌 들녘에서 울리는 풍년가는 들을 수 없다손 치더라도 예술가들이 펼치는 문화예술 향연에서나마 풍년가가 온 섬에 널리 퍼져나간다면 얼마나 좋을까 하는 생각을 하게 된다.

문화의 달 시월이 열리며 우당도서관이 이미 문화예술행사의 서막을 열었다. '책, 흔디 어울렁'을 주제로 3일간 펼쳐졌던 독서 대전의 바람이 이제 제60회 탐라문화제로 이어지면서 들불처럼 온 섬을 불태울 것이다. 불볕더위를 이겨내며 준비한 탐라문화제가 전염병 창궐로 지칠 대로 지친 도민들 마음을 촉촉이 적셔주었으면 하는 마음 간절하다.

거대한 문화예술 잔치 탐라문화제가 중순까지 이어지고 시월 하순엔 제주문학관도 개관하면서 문화예술의 향연은 절정을 맞이할 것이다. 제주문학인들의 오랜 숙원이 풀리는 제주문학관이 드디어 도민들 곁으로 다가오는 것이다. 16년 전 처음 제주문학관 건립에 대한 세미나에서 토론자로 나서 토론을 하며 제주문학관 건립을 염원했던 일이 떠오른다. 제주문학인들의 오랜 노력 끝에 도민들 곁으로 다가온 제주문학관이 일부 문인들만 누리는 공간이 아닌 진정 도민들이 향유하고 즐기는 예술 공간이 되었으면 하는 마음이 간절하다.

문화의 달 시월이다. 하지만 이제는 왜 문화의 달을 시월로 정해 놓고 시월에만 문화를 향유해야 하는지를 생각해보아야 할 때이다. 문화는 인간의 삶에서 언제 어디서나 향유되고 감동으로 피어나야 삶의 질을 높일 수 있기에 하는 말이다. 21세기 삶은 문화예술이 지배한다고 해도 과언이 아니며 3차원 가상 세계니 인공지능이니 하는 것도 문화예술과 융합되어야만 진정한 디지털 세상을 만들 수 있지 않을까 하는 생각을 해보게 된다.

오랜 가을장마와 태풍으로 계절이 실종된 듯하더니만 언제 그랬냐는 듯 하늘이 쾌청하기만 하다. 양전형 시인의 시구(詩句)처럼 낙엽과 함께 어디선가 영혼이 갉히는 소리도 들리는 듯하고 전염병 창궐에도 불구하고 어김없이 오고 가는 자연의 섭리에 경외감마저 느끼게 되는 요즘이다.

시월이 열리면서 아른거리는 아름다운 유년의 추억 속으로 침잠하게 되니 마음은 어느새 가을바람을 타고 훨훨 날아갈 것이다. 그래서일까? 마음을 설레며 꿈을 찾아 좇던 청년 시절이 그립기만 하다. 이 시월에 문화예술이 살아 숨 쉬는 현장을 찾아 새로운 삶의 의미를 되찾아보는 건 어떨까?

　　제주에는 제주예술인총연합회와 제주민족예술인총연합회 등 2개의
예술단체가 있고 이외에도 소속되지 않은 수많은 예술가들이 예술을 생업
으로 살아가고 있다. 그럼에도 불구하고 문화의 달 시월에만 유독 문화를 향
유하고 공연하는 행사들이 줄을 잇는다. 예술은 시월에만 이루어져서는 안
된다. 일 년 내내 도민 곁에서 버스킹 공연이 있어야 하고 근사한 공연장이
아닌 소규모 광장이나 마을 정자에서도 문화행사는 수시로 열려야 한다. 바
야흐로 21세기는 문화예술이 삶에 깊숙이 자리한 세상이 되어야 한다. 이제
는 왜 문화의 달을 시월로 정해 놓고 한 달간만 몰아서 문화를 향유해야 하
는지를 생각해 보아야 할 때이다.

뉴노멀(new normal)이
왔다

코흘리개들이 많아서였을까? 가슴엔 손수건을 달고 엄마 손을 잡은 아이들이 골목을 가득 메웠다. 교정엔 겨울이 서성이지만 달뜬 아이들 표정으로 인해 운동장은 후끈 달아올랐고 태극기가 펄럭이는 운동장에선 목을 뺀 학부모들이 제 아이를 찾느라 아우성이었다. 선생님들도 이름을 부르며 아이들을 찾느라 분주하다. 옛 입학식 풍경이다.

3월이면 어김없이 찾아오던 초등학교 입학식 풍경이 사라졌다.

초등학교 입학식만 사라진 게 아니고 사람들이 지금까지 이어오던 일상들도 통째로 사라진 느낌이다. 코로나19로 새로운 일상으로 채워지기 시작하는 요즘이다.

양팔 간격 앞으로나란히! 학교 운동회 때나 들었을 법한데 요즘은 양팔 간격 안으로 사람들이 다가가서는 안 된다. 새로운 거리 두기가 생겨난 것이다. 사람들과의 대화는 물론 대면(對面)도 피하며 서로 간격을 넓혀야 살아갈 수 있는 뉴노멀 시대가 왔다.

평생 살아온 일상이 변했다니 이 어인 일인가? 들어는 보았나? 드라이브 스루 판매, 온라인 개학, 스테이 홈 콘서트, 스테이 홈 갤러리, 드라이브인 입학식이라니 낯선 세상에 온 것 같아 모두가 혼란스러울 따름이다.

초등학교 아이들 개학이 또 연기되었다. 개학 후 달라진 일상에 아이들은 어떻게 적응해 나갈까? 운동장에선 공차기, 고무줄놀이며 사방치기도 하며 놀아야 한다. 이런 광경은 이제 찾아볼 수 없는 시대가 되어가는 듯하다. 또래 놀이가 실종된 마당에 뉴노멀까지 스멀스멀 기어 나오고 있으니 공차기, 고무줄놀이는 언감생심이다. 아이들은 있지만 혼자 시간을 보내고 있어 존재하지 않는다는 말이 옳지 않을까? 나만의 세상에서 스마트기기에 몰입해 있는 아이들. 여럿이 있어도 다 각자 놀고 있는 세상이 되었기 때문에 하는 말이다.

코로나19로 제 세상에 갇혀있는 아이들 마음을 열 수 있는 방법은 없을까?

이어폰을 낀 채 스마트폰에 몰입해 있는 아이들. 여럿이 뭉쳐 있어도 다 각자 놀고 있을 뿐 아이들이 함께하는 놀이는 없다. 또래 놀이나 또래문화가 실종되었다. 그래서 더욱 뉴노멀이 두려워지는 이유이기도 하다. 또래와 어울릴 만한 문화를 장려하여야 한다고 하지만 뉴노멀 시대에 어떤 구체적인 대안도 선뜻 떠오르지 않는다. 코로나19로 제 세상에 갇혀있는 저들의 마음을 조금만이라도 열 수 있다면 얼마나 좋을까?

그러면 뉴노멀 이후 사람과의 일정한 거리, 친밀한 거리, 편안한 거리는 어디까지일까? 모든 일상이 비대면으로 이루어지다 보니 사람들의 심리적 거리마저 멀어질 수밖에 없는 안타까운 실정이다. 코로나가 인간들에게 내리는 경고일까? 사회도 학교도 기업도 인공 지능도…. 모든 게 비대면으로 이루어지는 현 시국이다.

시국에 비례해서 사람들이 느끼는 심리적 거리도 더 멀어질 것이 분명해 보이지만 심리적 거리 좁히기는 인간관계의 정점이기도 하다. 라포르(rapport)가 형성되고 스킨십이 필요한 사회인데도 언감생심이다. 거리 두기가 일상이 된 요즘이다 보니 마스크를 끼지 않은 사람이 내 옆을 지나가다 재채기를 한다면 얼른 거리를 두고 소독제를 꺼내야 하는 세상이 되었으니 말이다. 사람을 무서워해야 하는 세상, 서로를 믿지 못하는 세상이 되고 있다. 이때야말로 주변 사람들에게 불안감을 느끼지 않게 하는 사회적 예절 지키기가 절실한 이유이기도 하다. 심리적 안정감을 찾는 조직문화가 새로운 뉴노멀로 자리할 날을 기대해 본다.

그러면 각자의 생각에 따라 느끼는 안전거리는 얼마라야 할까? 이럴 때일수록 서로 느끼는 인간관계의 안전거리는 바뀌기 쉽지 않지만 이것을 받아들이며 심리적 안전거리를 줄여나가는 데 힘을 모아야 할 때이기에 다 같이 생각해볼 필요가 있다.

물리적 안전거리는 어떤 사람은 그 거리가 1미터이고 어떤 사람은 30㎝라고 한다. 내가 생각하는 그 반경 안에 사람과 사람의 인간관계가 형성되어야 안전하다고 느끼는 것이다. 이 거리감 차이 때문에 많은 사람들에게 오해와 불신과 두려움 등 부정적인 감정이 일어난다. 그렇잖아도 이웃 간의 두꺼운 단절과 장벽이 코로나 이후 더 단단해지지 않을까 하는 걱정이 앞선다.

곧 윤사월이다. 송홧가루가 흩날리고 있다. 해도 길고 꾀꼬리 운다고 노래했던 박목월의 윤사월처럼 봄은 그렇게 가건만 우리네 일상은 되찾을 수 없음이 안타까울 따름이다.

내일이 소만$^{(小滿)}$이다. 만물이 자라서 세상을 가득 채우듯 우리네 마음속도 훈훈한 정으로 가득 채워졌으면 좋겠다.

우리는 지금 다시 되돌릴 수 없는 뉴노멀의 시대를 살아가고 있다. 멀어진 물리적 거리에 반비례해서 심리적 거리는 서로 좁히려는 노력이 필요하지 않을까?

칼릴 지브란의 예언처럼 함께 서 있으나 너무 가까이 서 있지는 말아야 한다. 돌아갈 수 없는 포스트 코로나 이전 일상이 그리워지는 오늘이다.

뉴노멀(new normal)이 왔다

코로나19 팬데믹이라는 하나의 시대가 가고 있다. 인류 그 누구도 경험해보지 않은, 다시 되돌릴 수 없는 뉴노멀의 시대를 우리는 경험했고 조금씩 조금씩 일상을 회복하고는 있지만 아직도 진행 중인 것만은 틀림없다. 방송에서 확진자 동선이 공개될 때마다 우린 희비가 엇갈렸었다. 대입 수능 시험 연기는 물론 3인 이상 집합 금지 조치까지 내려졌던 그 공포와 두려움의 경험을 어디다 비할까마는 어느 나라도 어느 누구도 경험해보지 않았기에 어떤 대처가 옳았는지는 지금도 규명하지 못하고 있는 실정이다. 환경 파괴로 신이 내리는 대재앙 앞에 과학도 속수무책임을 드러냈으니 인간은 자연 앞에 경외심을 가져야 한다. 코로나19는 신이 내린 계시(啓示)로 받아들여야 하지 않을까?

후회
리스트

지난해 시간들을 되돌아본다. 정말 다사다난하고 참담하기까지 한 일들이 파노라마가 되어 허공에서 흩어진다. 혼란스러운 한 해가 가고 있다. 태음력을 기준으로 볼 때 진정 이제야 세밑이기 때문이다. 위정자가 저지른 많은 일들이 국민을 경악하게 하고 공정한 사회체계가 무너진 요즘 세태를 어떻게 받아들여야 할까? 도대체 권력과 자본이 뭐란 말인가? 안타까울 따름이다.

이제 우리는 어이없는 일에 너무 분개하지 말고 차분하게 일상으로 돌아갔으면 한다. 평상심을 되찾고 뒤돌아보며 후회 리스트를 만들지 않는 새해를 맞았으면 하는 바람에서 하는 말이다.

난 지난 세밑 마지막 날 석굴암에 올랐었다. 2016년을 보내며 나 자신도 참회하는 시간이 필요했기 때문일까? 아니면 사바세계에서 피안(彼岸)의 위안을 얻으려 함이었을까? 오르며 많은 생각에 잠겼었다.

'그때는 참았어야 했는데, 그때 실천했더라면, 그때 조심했더라면, 그때 따뜻하게 대했더라면, 그때 왜 좀 더 다정하게 말을 하지 못했을까? 그때. 그때.' 그러나 후회한들 소용이 없었다.

과거는 돌이킬 수 없지 않은가? 또한 미래도 불투명하지만 현재는 얼마든지 수정할 수도 있었는데 후회만 쌓일 뿐이다. 그날따라 갈까마귀 소리가 깊은 정적을 깨며 나를 흔들어 깨웠었다. 고향 멘토 선배의 조언이 갈까마귀 소리에 실려와 메아리가 된다. "과거가 찬란했고 미래가 빛난다 해도 현재에 노력하라!" 그렇다. 현재가 중요하다. 레흐 톨스토이가 말한 현재 이 시간에 만나는 사람, 지금 하는 일이 중요함을 깨닫고 일상을 잘 보낸다면 후회 리스트는 없는 것이 아닐까?

정유년 새해, 젊은이와 구직자들이 선정한 사자성어가 문득 떠오른다.

구지부득^(求之不得). 오죽했으면 젊은이들이 구지부득을 올해의 사자성어로 선택했을까? 아무리 구해도 얻지 못하고 먹고사는 데 걱정이 많은 이 혼용무도의 사회에서 그들이 선택한 사자성어에 정말 가슴이 아프다.

내가 만난 젊은이들에게 따뜻한 격려의 말을 전하지 못한 회한이 또 밀려온다.

어려움을 겪고 있는 많은 이웃들, 젊은 구직자들이 넘쳐나는 사회에서 대공지정^(大公至正)을 소리 높여봐야 무슨 소용이랴? 위정자들에게 묻고 싶다. 힘든 국민들에게 이제 그만 평상심을 되찾고 일상으로 돌아가라고 다독이는 정치인이 있는가?

블랙리스트만 충정(?)으로 만들었지 한 일이 없다. 그들이 성찰하고 진정 참회할 때 국민들 후회 리스트는 만들어지지 않을지도 모른다. 세밑에서 혼자 눈물을 흘리며 절망하는 젊은이가 있는 한 우리 사회의 평안은 요원하다. 그러나 젊은이들에게도 묻고 싶다. 추위보다 더 냉혹한 삶의 현장에서 각고의 노력을 하고 있는가? 절망과 좌절에 앞서 내 자신을 먼저 돌아볼 일이다

곧 대한이다.

우리 속담에 대한^(大寒) 추위가 지나면 양춘이 온다고 했던가? 힘찬 목울음 소리로 새벽을 여는 닭처럼 꿈과 희망을 노래하자. 그리고 이제 어깨를 펴자. 지금이 중요하다.

지금 이 시간, 지금 하고 있는 소소한 일상에 충실할 때 세밑 후회 리스트는 없다는 걸 명심하자.

　　진보와 보수로 양분되어 서로 물고 물리는 정치인들을 보는 국민들의 시각은 양극화가 너무 심한 편이다. 정치 이야기에 관심은 많지만 함부로 편향적인 이야기를 꺼냈다간 순식간에 분위기가 얼어붙는다. 이제는 그들에게 신경 쓰지 말자. 그들은 어느 쪽이든 자신들의 부귀영화에만 신경을 쓰고 국민들은 안중에 없다는 사실을 잘 알기에 하는 말이다. 그들에게 공정을 바라는 건 연목구어(緣木求魚)의 환상일 뿐이다. 그래서 지금 이 시간 내가 하는 일에 충실하면서 자신의 꿈을 착실히 키워나가고 지금 곁에 있는 사람에게 최선을 다하는 젊은이들이 많았으면 하는 바람이다. 젊은이들이여! 레흐 톨스토이의 인생론에서 자신의 길을 찾아보는 건 어떨까?

후(後) 문학,
문학인

"마음의 눈이라는 것도 있어?"

"그럼, 우리에겐 수많은 눈의 창문이 있단다. 공부를 열심히 하면 그 창문이 하나씩 열리거든. 그 맨 안쪽 마지막 창까지를 열면 바람도 보이고 하늘 뒤란도 보이는 거란다."

학교 도서실에서 찾은 책《오세암》에 나오는 설정 스님과 주인공 길손이의 대화 일부이다.

80년대 중반쯤으로 기억된다. 필자가 새내기 교사에서 벗어나면서 아이들에게 열정을 다하던 시절이었다. 그렇다. 난 그렇게 정채봉 동화《오세암》을 읽고 아이들과 독서토론을 하면서 주인공 길손이와 설정 스님도 만난 적이 있었다.

이후 나도 동화를 써 보고 싶다는 생각이 마음에서 떠나지 않았다. 오세암 때문이었을까? 그 생각은 등단으로 이어졌고 지금까지 동화작가의 길을 걷고 있다. 동화를 써 온 지가 벌써 30년이 다 되어가고 있지만 독자들을 울리는 동화를 과연 몇 편이나 창작했을까를 생각하면 부끄럽기 그지없다. 하지만 언젠가는 꼭 오세암과 같은 동화를 써야겠다는 마음은 늘 지니고 있다.

지난 시월 중순 '문학의 숨비소리' 라는 캐치프레이즈를 내걸고 전국문학인 제주 포럼이 열렸었다. 처음 열리는 문학 행사라 그런지 문학인들의 관심도 뜨거웠다. 전국 문학인들이 초청되고 개막식과 다섯 개 세션으로 나누어 포럼이 이어졌다. 다양한 주제발표와 토의가 있었지만 모든 화두는 결국 문학의 위기와 미래로 모아졌다.

내가 등단할 시기만 해도 소수였던 문인들의 숫자가 지금은 제주문인협회와 제주작가회의 회원들만 5백여 명에 가깝고 전국적으로 5만여 명에 가까운 문인들이 창작열(?)을 불태우고 있다고 한다. 각종 문예지만 수백 종에 가깝다 보니 달마다 수백 명씩 등단을 한다.

왜 이렇게 많은 사람들이 문인이 되려고 하는 걸까? 문인은 글을 빚어 조각하는 예술가이며 그러기에 그가 창작하는 문학에는 일정한 짜임과 흐름 속에 감동이 스며 있어야 한다. 글을 쓴다는 것은 그래서 힘든 일이다.

독일 소설가 토마스 만은 다른 사람들보다 글쓰기를 어려워해야 하는 사람이 문인이라고 정의했으며 또한 어니스트 헤밍웨이는 명작은 수십 번 고쳐 쓰고 다듬는 고통을 통해 탄생한다고 하지 않았는가?

제주 포럼에 참석했던 한국문인협회 이사장을 비롯한 많은 문인들은 그럼에도 불구하고 문인들이 넘쳐나고 있으며 이들이 생산해내는 문학작품이 연간 6천 종이 넘는다고 주장한다. 더구나 이러한 문인들 대부분은 60대 중반 이후 후(後) 문학인들이라니 놀라울 따름이다.

젊었을 땐 인생을 성공적으로 이끌고 퇴직 후 문인으로 살아가는 후(後) 문학 문인들이 주류를 이루는 문단에 과연 독자들은 누구일까? 문인들끼리만 작품집을 서로 돌려 읽기에 서로 독자들은 아닐까? 후 문학인들을 폄훼할 생각은 없다. 문인이기에 명함보다 독자들을 감동시키는 일에 더 관심을 가졌으면 해서 하는 말이다.

계절은 상강을 지나 입동으로 치닫고 실루엣 속으로 사

라지는 가을은 겨울을 재촉하고 있다. 이 가을 끝자락에서 독서를 해보는 건 어떨까?

정채봉 동화《오세암》에서 부처가 된 길손이를 만나는 것도 좋고 헨리 데이빗 소로의《월든》을 읽어보는 것도 좋다. 책을 읽고 독서토론까지 이어진다면 또 얼마나 멋진 일인가? 쓰는 사람보다 읽는 사람이 더 많은 사회가 되었으면 좋겠다.

오세암에 내려오는 전설을 중편 동화로 엮은 《오세암》을 안 읽어본 사람은 없을 듯하다. 혹시라도 아직 읽어보지 않았다면 정채봉의 《오세암》을 읽어보길 권한다. 문학도 예술이기에 감동이 있어야 하고 일정한 짜임을 갖추고 있어야 한다. 이 동화를 읽고 있으면 마치 내가 길손이인지 아니면 설정 스님인지 호접몽(胡蝶夢)의 착각을 불러일으킬 정도로 감동이 밀려온다. 역설적으로 이 동화는 '찬란한 슬픔'을 품은 아름다운 이야기라고 할 수 있지 않을까? 읽는 사람이 더 많은 세상이 왔으면 좋겠다. 책의 홍수 시대에 책은 읽히지 않고 있으니 하는 말이다.

별 헤는
밤

지난 3월 말로 기억된다. 정기 진
료차 방문한 병원 로비에는 전국에서 올라온 환자들로 북새
통을 이루고 있었다. 난 오전 일찍 채혈을 마친 터라 진료 시
간까지 그나마 좀 여유가 있었다.

전부터 이 시간이면 난 시간을 보낼 수 있는 공간을 찾곤
했다. 바로 서점이다. 식당가나 편의점은 언제나 붐비지만
서점은 한산하기 때문이다. 그런데 그날 서점 풍경은 좀 달
랐다. 서점 계산대에 긴 줄이 늘어서 있는 게 아닌가? 아니,
이게 어인 일인가? 광화문에 있는 대형서점이라면 모를까,
환자들이 있는 병원 서점에 긴 줄이라니? 의외였다.

줄의 정체는 곧 밝혀졌다. 윤동주 시집 영인본을 사려는

사람들이었다. 영화 '동주'의 열풍에 힘입어 영인본을 한정 판매한다는 출판사의 전략이 맞아떨어진 결과일까? 궁금해서 나도 영인본을 살펴보았다.

70여 년 전에 나온 초판본에다가 생전에 남겼던 육필 원고와 후쿠오카 형무소에 수감되기 전 판결문까지 복제해서 세트로 묶어 놓았다. 1941년 11월에 쓴 육필 서시(序詩) 영인본을 보는 순간 육필 원고가 나를 그 시절로 이끌 듯한 서늘함을 느끼고는 나도 어느새 영인본 세트를 들고 줄에 합류했다.

지금 우리는 왜 윤동주에 열광하고 있는 것일까?

생전에 시집 한 권도 상재(上梓)하지 못한 사람을 왜 최고의 시인이라 하는가? 그건 생활이 팍팍하고 가슴이 시린 사람들에게 향수를 자아내는 시편들을 남겼기 때문이다. 운율이나 형식이 아니라 담담하게 자신의 마음을 드러내는 편지 같은 시가 우리의 아픈 가슴을 감싸주는 마력이 있기 때문이 아닐까?

요즘 시인은 많지만 가슴으로 시를 쓰려는 사람은 드문 것 같다. 제주에도 지방 일간지마다 시인 등단을 축하하는 광고가 지면을 장식한다. 문학 청년이라기보다 문학 꽃중년

(?)들이 대부분이다. 독자보다 문인들이 더 많은 세상에서 치열하게 시에 천착했으면 하는 바람을 그들에게 가져본다.

대서도 지나고 중복이 코앞이다. 여름이 지나가는 밤하늘을 쳐다본다. 별헤는 밤. 별이 흐른다. 할머니와 같이 멍석에 누워 별을 헤아리던 시절이 있긴 있었다. 까마득하다. 자꾸 그 시절로 돌아가고 싶은 마음이 드는 건 어인 일일까?

밥상 위로 반딧불이가 날고 식사를 마친 식구들이 멍석에 누워 별을 헤아리며 잠을 청하던 시절. 그 시대가 곧 문학이다. 지금은 생활 문학이 아닐까? 가슴으로 펜으로 시를 쓰는 것이 아니라 머리로 키보드로 글짓기를 하기 때문이다.

밤하늘 별들이 병원 서점에서 시집을 들고 있는 환우들 모습으로 오버랩되어 다가온다.

별들에게 속삭여 본다. 행복하기 때문에 시를 쓰는 게 아니라 힘들기 때문에 시를 쓰고 아프기 때문에 시를 읽는 게 맞을 것 같다고…. 이 밤 시집을 든 그 환우들의 건강과 행복을 기원한다. 그들이 아무 걱정 없이 계절 속의 별들을 다 헤아릴 수 있는 세상이 된다면 얼마나 좋을까?

우리 집 마당에선 오늘 밤에도 별이 바람에 스치운다.

    생전에 시집 한 권 상재(上梓)하지 못한 시인이 우리나라의 최고 시인 이라니. 지금을 살아가는 문학인들이 새겨야 할 대목이 아닌가 한다. 문제는 몇 권을 출간했느냐보다 어떤 작품을 독자들에게 내놓고 읽게 했느냐가 중요한 것 같다. 난 지금껏 창작동화집 6권을 상재했지만 나 스스로를 감동시킬 만한 동화는 쓰지 못했다. 부끄럽지만 어쩌랴! 언젠가는 내 스스로 감동에 겨워 눈물짓는 작품이 창작되길 기원하며 오늘도 글을 써나가는 수밖에.

인연

그렇게 유월이 갔다. 아름다워야 할 장미와 수국의 계절 유월이었지만 우리 앞에 공포로 다가왔던 유월이 이제 역사의 뒤란으로 자취를 감추고 말았다.

"아이고, 이렇게 싸매었으니 못 찾을 수밖에."

초복도 지나고 이제 장마도 끝자락에 접어드는 요즘, 그 목소리가 감동으로 다가오는 까닭은 무엇 때문일까?

지난 유월 중순. 난 서울에 있는 A 종합병원에 다녀왔다. 외래 진료일을 일주일이나 뒤로 미루면서까지 메르스가 잦아들기를 바랐지만 설상가상 중순으로 접어들자 확진 환자가 더 늘어나고 있는 형국이었다. 걱정 말고 올라오라며 그녀가 수시로 병원 상황이라든가 외래 진료에 따른 준비물들을 알려왔다. 걱정을 떨쳐버리려고 할수록 매스컴들은 나를 더 공포의 도가니로 몰아넣었다. 어쩌랴. 그렇다고 올라가지 않을 수가 없었다. 올라가기 전날 국민안심병원으로 지정은 되었지만 그래도 감염자가 한 명 나온 터라 A 종합병원에도 적막감이 감돌고 있었다. 채혈 후 난 해파빅 주사실로 이동했고 마스크 위에 모자로 얼굴까지 가린 채 병상에 누워 주사를 맞고 있었다. 간호사가 내 이름을 부르며 누가 찾아왔다고 알린다. 누가 찾아왔다니? 나를 찾아올 사람이 없다는 생각에 눈만 빼꼼히 내밀고 상대방을 바라보았다. 그녀였다.

4년 전 일이다. 내가 죽음의 늪에서 병마와 싸우고 있을 때 내 아내에게 운명처럼 다가와 준 그녀. 그 후 아내는 의사보다 그녀에게 더 매달렸으며 그럴 때마다 그녀는 희망의 끈을 더 팽팽하게 동여매 주곤 했었다.

우리는 일생을 살아가면서 얼마나 많은 인연(因緣)들을 만들고 있을까? 또 얼마나 많은 악연(惡緣)을 맺으며 살아가고 있는 것일까? 금아 피천득 선생 수필 '인연'처럼 아름다운 인연이 지금도 있기는 한 걸까?

지난 유월은 아름다운 인연보다는 악연으로 고통을 받은 사람들이 더 많았기에 하는 말이다. 감염자는 물론 격리자마저 중세 시대 마녀사냥처럼 기피했으며 그 가족들도 따돌림과 눈총을 받았다. 비행기, 지하철 등 모든 대중교통에서 옷깃을 스치기를 꺼려 했던 악몽의 유월이었다. 이러할진대 옷깃만 스쳐도 인연이라는 속담처럼 어떻게 사람을 그리워하며 아름다운 인연을 만들 수 있단 말인가?

인(因)으로 인해 연(緣)이 만들어지기 때문에 사소한 만남이라도 전생의 인연에서 비롯되었다고 불가에서는 가르치고 있지만 과연 우리는 이 소중한 인연을 맺는 것조차 두려워하고 있지는 않은지 돌아볼 일이다.

아름다운 인연을 많이 맺으며 살아가야 한다. 삶이 힘들수록 연을 맺어야 그 끈을 잡고 희망을 노래할 수 있기에 더욱 그렇다. 악연을 맺어서도 안 되지만 아름다운 인연을 끊어서도 안 된다. 피천득 선생은 아사코를 평생 그리워하다가 세 번째는 아니 만났어야 좋았다고 수필로 담담하게 써 내려갔지만 아사코와의 인연이 얼마나 아름다운가?

동병상련(同病相憐)이련가? 10여 년 전 나와 같은 수술을 받고 지금은 행복한 삶을 살아가는 그녀. 아내가 종교처럼 기대고 있는 그녀. 절망하는 이웃들을 위해 봉사하고 있는 그녀가 아사코처럼 세 번 만나고 말 인연이 아니었으면 좋겠다.

코로나19 때의 얘기가 아니다. 메르스, 중동 호흡기 중후군이라고 하는 신종 바이러스가 우리나라에 유입됐을 때의 이야기이다. 당시 난 기관장이라 교육청의 도외 출타 허가를 얻으며 병원에 다녀와야 했다. 코로나보다 느끼는 공포가 더하면 더했지 덜하지 않았다. 그런 상황에서도 나를 위해 도움을 주려 했던 그녀와는 지금도 인연을 이어가고 있다. 당신이 앓았던 병이기에 우리 가족에게 하나라도 더 도움을 주려 애쓰던 그녀. 아마 그녀가 없었다면 아내도 쓰러졌을지 모를 일이다. 지금은 수술을 받은 지 그녀는 20년이 넘었을 테고 나도 벌써 12년이나 흘렀다. 이젠 초심을 잃지 말고 나도 누군가를 위해 봉사하는 삶을 살아야겠다. 건강을 되찾았으니 아사코처럼 세 번 만나고 말 인연이 아닌 그녀처럼 평생을 이어가는 인연을 많이 만들어 나가야겠다.

청라언덕

"봄의 교향악이 울려 퍼지는 청라언덕 위에 백합 필 적에~"

　　　　　　　　학창 시절 가슴 설레는 분홍빛 감성을 지닌 학생들이라면 누구나 한 번쯤 불러 보았을 법한 우리 가곡 '동무 생각'의 첫 구절이다.

　지난 4월 말 난 공무로 대구를 방문한 적이 있다. 회의를 마친 후 두 시간여의 짧은 일정으로 진행하는 주최 측의 프로그램은 '근대로(路)의 여행'이었다. 봄비치고는 꽤 많은 양의 비가 내리고 있어 전국에서 온 회원들이 일정을 바꿔야 한다는 소리가 여기저기서 터져 나왔다. 소란도 잠시, 계획대로 프로그램을 진행해나가자 일정을 포기하고 일찌감치

만찬장으로 향하는 회원들도 있었다.

"원장님, 지금 '근대로^(路)의 여행'에 동참하지 않는다면 아마 후회하게 될걸요."

문화 해설사가 씽끗 눈웃음을 지으며 말을 건네서일까? 비를 맞는 불편을 감수하기로 작정했다. 봄비 속에서 청라언덕을 만나지 못했다면 학창 시절 음악실에서 함께한 봄의 교향악 소리를 어찌 회상이나 할 수 있었을까?

대구에 기독교가 뿌리를 내려 정착하려 할 즈음 한 선교사가 매입한 작은 동산을 이렇게 고색창연한 도심으로 바꾸어 놓을 수 있었다니…. 계산성당과 제일교회를 지나며 프랑스 몽마르뜨 언덕을 지나는 듯한 착각에 빠져들 즈음 만난 청라언덕.

비가 내리는 원도심 속에서 신명학교 여학생이 '총총' 걸어 나올 것 같은 환상에 휩싸이기도 했었다. 푸른 담쟁이넝쿨이 선교사들의 붉은 벽돌 주택을 휘감은 언덕이라 하여 청라^(靑蘿)언덕이라 이름했고 스토리텔링에 성공했다.

대구 근대문명을 고스란히 재현해 놓은 이곳에서 제주의 원도심을 생각 키우는 건 무슨 연유일까? 지금 제주는 원도심 재생 활성화 프로젝트가 한창이다. 도백이 직접 원도심

성굽길을 걸으며 옛것을 살려 미래로 나아가려는 노력은 박수를 보낼 만하다. 하지만 원도심 활성화 프로젝트를 너무 서두르는 것은 아닌지 돌아볼 일이다.

원도심은 제주 읍성을 중심으로 이루어졌기 때문에 동서남문의 주춧돌도 찾아내고 성을 쌓았던 성돌들도 찾아내어 성굽을 복원하는 프로젝트부터 대구 청라언덕처럼 차근차근 추진하면 어떨까?

문화유산은 인공적으로 가꾸었다고 빛나는 게 아니다. 원형을 찾아내고 보존하고 그것을 스토리텔링화해야 사람들이 감동하고 찾아온다. 신명학교에 다니던 그 여학생은 가고 없어도 지금 그녀의 혼은 청라언덕에 고스란히 살아있기에 하는 말이다.

곧 제주에 100만 인구가 거주하고 세계인들이 물밀듯 들어올 때를 대비하려면 조급하지 말아야 한다. 제주 원도심 프로젝트에 상설 예술전시장, 볼거리, 먹거리만으로는 원도심을 오롯이 재생했다고 말할 수 없다. 최근 도정이 고도 완화 카드까지 내밀며 활성화에 고심하고 있지만 어떤 경우든 제주의 근본 가치를 훼손하지 않으면서 재생 복원되어야 할 것이다. 대구가 100여 년 전 청라언덕을 거닐었던 선각자들을 지금에 살려낸 것처럼 만덕을 살려내고 오현^(五賢)과 이형상 목사를 살려내어 제주 목관아에서도 '근대路의 여행'을 떠나는 세계인으로 넘쳐나게 하자.

타임머신을 탄 것처럼 제주 읍성을 거닐 수 있다면 얼마나 가슴 설레는 일이겠는가?

새끼
사랑

설이 다가오고 있다. 아니, 새해가 밝아오고 있다. 달이 차고 기우는 것을 보고 만들어진 태음력을 기준으로 볼 때 진정한 새해는 이제 일주일쯤 앞으로 다가온 것이다. 새해는 원숭이 해다.

벽사(辟邪)와 길상(吉祥)을 상징하는 동물, 붉은 원숭이의 해.

원숭이 하면 새끼를 한 팔에 안고 달리는 모습이라든가 나뭇가지에 앉아 새끼의 털을 고르는 모습이 떠오를 것이다. 게다가 머리에서 이를 잡아주는 모습에 이르면 저것이 진정 동물인지 인간인지 구분이 안 간다는 사람들도 있다.

그렇다. 이렇듯 원숭이는 새끼를 사랑한다.

인간과 가장 비슷한 동물로 영리하고 지혜롭다.

원숭이의 새끼 사랑을 엿볼 수 있는 이야기가 전해져 내려온다.

진나라 환온이 촉을 정벌하기 위해 군선을 이끌고 양쯔강 중류의 협곡을 지나고 있었다. 한 병사가 벼랑 아래로 늘어진 나뭇가지를 붙잡고 놀고 있는 새끼원숭이를 포획했는데 뒤늦게 이를 알아차린 어미가 강변 절벽을 따라 며칠 밤낮을 울부짖으며 뒤따라왔다. 배가 강어귀에 이른 어느 날, 새끼가 있는 배로 뛰어든 어미는 탈진한 몸을 가누지 못하고 곧 숨을 거두고 말았다. 이를 이상하게 여긴 환온과 병사들이 어미 배를 갈라보았을 때 창자가 토막토막 끊어져 있었다. 중국 고사 세설신어에 나오는 단장(斷腸)에 관한 이야기이다. 새끼를 잃은 슬픔이 얼마나 컸으면 창자가 토막 났을까를 생각할 때 비록 고사에 나오는 이야기지만 울림이 크다.

그런데 이게 어인 일인가? 몇 년 전 계모에게 폭행당해 죽어가면서도 소풍만은 보내달라고 애원하던 그 작은 아이가 하늘로 떠난 지가 엊그제 같은데 세밑에 아동학대 사건들이 또 일어났다.

어린 소녀가 굶주림과 학대를 못 이겨 탈출해 슈퍼에서

빵과 과자를 훔쳐 먹는 사건과 함께 학대 아동 사망 사건이 온 나라를 발칵 뒤집어 놓은 것이다.

시신을 훼손하고 버린 것도 모자라 3년여간 냉동 보관해 왔다니 끔찍하다.

우리 인간은 정말 어디까지 사악해져야 하는 걸까? 제 새끼 주검을 앞에 놓고 치킨까지 시켜 먹는 인간의 모습을 차마 상상이나 할 수 있을까?

어미 원숭이의 새끼 사랑이나 제 가슴살을 찢어 새끼들에게 먹이는 펠리컨의 사랑이 아니어도 좋다. 왜 이렇게 인간들은 제 새끼를 학대와 폭력으로 고통을 당하며 죽어가게 하는 것일까?

정말 답답하기만 하다. 아무리 힘들어도 제 새끼만은 보호해야 한다.

아동학대 사건이 줄지 않는 걸 보니 가족이 흔들리고 있는 게 분명해 보인다. 가족이 흔들리면 국가 존립도 위태로울 수밖에 없다.

우리 모두는 어떤 연유로 가정이 파괴되고 있는지 돌아보고 국가의 기본을 바로 세워야 한다. 한 나라의 기초는 가정이기에 하는 말이다.

폭설과 찬바람을 이겨내고 어느새 뜨락의 매화들이 봉오리를 내밀었다. 곧 입춘이다. 벌써 한겨울을 이겨낸 새싹들이 기지개를 켜는 소리도 들리는 듯하다. 아이들도 새싹들처럼 힘껏 기지개를 켜며 자라게 할 순 없는 것일까?

새해에는 학대로 고통받는 어린 생명들이 없었으면 하는 바람이 간절하다.

새끼 사랑

방송에서 제 부모에게 학대받다 죽어가는 아이들을 볼 때마다 우린 혼절하고 경악한다. 인간이 어떻게 저런 짓을 할 수 있을까? 그렇다. 인간은 맹목적인 사랑을 베풀기도 하지만 때로는 동물보다 못할 때도 많다. 제 한 몸 영위를 위해선 자식까지도 먹이로 삼는 게 인간이란 생각이 들어 '으스스' 소름이 끼칠 때가 한두 번이 아니다. 오늘 이 시간, 계모에게 맞아 죽어가면서도 소풍만은 보내달라던 그 아이가 자꾸 눈에 밟히는 건 어인 일일까? 어미 원숭이의 새끼 사랑이나 제 가슴살을 찢어 새끼들에게 먹이는 펠리컨 사랑이 아니어도 좋다. 아무리 힘들어도 소풍만은 보내달라고 애원하는 아이를 때려죽이는 인간, 제 새끼 주검을 앞에 놓고 치킨을 시켜 먹는 인간이 더 이상 이 세상에 없기를 간절히 기도한다.

페미니즘(feminism)의 도래

"예, 그러면 마지막 이벤트를 시작하겠습니다!"

결혼식은 막바지로 치닫고 있었다. 얼굴이 벌겋게 달아오른 사회자가 하객들의 그만했으면 하는 마음을 읽어서일까? 정말 마지막을 강조하는 멘트를 한다. 사회자 멘트가 끝나자마자 신랑 친구들이 뒤쪽에 일렬종대로 서 있다가 장미 한 송이씩을 신부에게 바치기 시작한다. 근데 신랑에게는 한 송이도 주지 않아 너무 섭섭하다고 생각하는 찰나였다. 맨 마지막으로 사회자가 꽃다발 한아름을 안고 오더니 신랑에게 바친다. '그러면 그렇지, 아무리 여성 상위 시대라 하지만 한 집안을 책임질 가장이 될 사람에게 그렇게 홀대할 수야 없지.' 하고 쾌재를 부르는 순간이었다. 이게 어인 일인가? 신랑이 무릎을 꿇으며 받은 꽃다발 전부를 몽땅 신부에게 바치는 게 아닌가?

수수꽃다리가 흐드러진 봄날 어느 결혼식장에서 목격한 단상이다.

전통적인 격식에서는 좀 벗어났으나 순조로웠던 그 결혼식 마지막 이벤트가 중장년 세대들에게 암시하는 것은 무엇일까? 보편적 사회 통념을 뛰어넘지 않으면 생존할 수 없음을 대변하는 것은 아닌지 생각해 볼 일이다.

최근 제4차 건강가정 기본계획이 대통령 주재 국무회의 심의를 거쳐 확정되었다. 부성주의 원칙을 폐지하기로 하고 부모가 협의해 자녀 성을 결정할 수 있다는 것이 이 계획의 핵심이다. 전 국민에게 법적 효력을 발휘하려면 좀 더 시간이 필요하겠지만 가족 개념이 바뀔 것은 분명해 보인다. 계획대로 진행된다면 가히 5천 년 동안 이어져 온 관습과 관행을 무너뜨리는 혁명이라 할 만하다.

전통을 중시하는 혈연·혈족의 시대가 가고 있다.

참으로 격세지감이다. 부계 전통을 대표하는 집성촌이나 종친회도 무의미해지고 부부가 합의한다면 한 가정에서 자녀들이 다른 성을 쓰는 시대가 도래한 것이다. 대를 잇는 것을 중시하는 한국 사회에서 가능한 일일까? 하지만 어쩌랴! 지금은 여성 차별 시대를 목격한 밀레니얼 세대들이 살아가는 시대이다. 그러니 조연으로 살아가는 사람들이 먼저 변해야 한다. 거대하게 밀려오는 파도를 타지 않겠다면 죽는 수밖에 달리 방법이 없기에 하는 말이다.

신록의 계절 오월 밤하늘에 별이 총총하다. 이 밤 여성 우선주의가 도래하였음을 암시하는 촌철살인의 결혼식 이벤트가 생각나는 것은 어인 일일까? 밀레니얼 세대를 넘어 모든 것을 디지털기기로 무장한 MZ세대에게 족보^(族譜)니 종친회^(宗親會)니 하는 따위는 더 이상 필요 없을 듯하다. 섭리에 거스름이 없는 자연처럼 사람들 세상도 순리에 어긋나지 않게 흘러가길 바랄 뿐이다.

씁쓸했지만 그날 결혼식 마지막 이벤트는 이벤트다웠다. 마지막 꽃다발마저 여성을 위해 바쳐야 하는 삶을 살아가는 남성들에게 오월이 가기 전에 꽃다발을 한아름 안겨드리는 건 어떨까?

페미니즘(feminism)의 도래

　정말 격세지감의 시대가 도래했다. 제4차 건강가정 기본계획이 법적

효력을 발휘한다면 가족 개념이 바뀌는 것은 차치하고라도 5천 년 동안 이

어온 전통문화가 변하는 혁명이라 아니할 수 없다. 나로서는 그 옛날 장손

이라고 고씨 집안 대를 잇게 되었다고 많은 사람들에게 격려의 말을 들은 것

이 엊그제 같은데 이젠 장손이라는 말도 사라질 위기에 있다. 아니, 부부가

합의하면 자녀 성(性)도 다르게 할 수 있는 세상에서 장손이니 종친회(宗親

會)와 족보(族譜)가 무슨 소용이랴. 가족관계 증명도 필요 없는 세상이 온다.

충격이다. 아무튼 순리대로 인간사가 흘러가길 간절히 바랄 뿐이다.

제5부

채움, 그리고 비움

채움,
그리고 비움

생애 모든 삶을 경험하고 돌아온 나이 환갑(還甲). 옛 시절 같았으면 관직에서 물러나 조용히 인생을 관조하고 집안 큰 어른으로 남는 나이가 환갑이다. 그런데 이게 어인 일인가? 환갑이 인생을 새롭게 시작하는 시대가 되어버렸으니 말이다. 격세지감이다.

평균 수명이 늘어나서일까? 사람들이 도무지 일손을 내려놓지 않는다. 비우고 자리를 내줘야 하는 은퇴자들이 우리 사회 각계에서 다시 화려하게 데뷔하는 얘기들이 수없이 많이 들린다.

이사관 출신 A씨는 어느 출연기관 직속 기관장으로 갔고 누군 다시 도의회 의원으로 화려하게 부활했다는 얘기들이 끊임없다. 정년퇴직 후에도 자꾸 선거판에서 출마를 언론에 흘리며 몸값을 올려보려는 자들도 넘쳐난다.

은퇴 후에도 잊혀지길 거부하는 그들이 꿈꾸는 세상은 과연 어떤 세상일까? 아무리 아들과 아버지가 일자리를 놓고 다투는 무한 경쟁 시대를 살고 있다 하더라도 집착과 욕심은 내려놓아야 하지 않을까? 천계서(天啓書)로 신성시되는 우파니샤드는 버림으로써 얻고 평안을 찾는다는 평범한 진리를 가르치지만 그걸 깨닫지 못하니 안타깝기 그지없다. 은퇴자들이 집착을 버리고 낮은 곳에서 구도자의 삶을 살아갈 순 없는 것일까?

폭염이 한창인 말복 무렵, 난 야간대학교 동창회에 참석했었다.

"회원님들, 오늘은 퇴직 이후 근황에 대해 각자 얘기하는 시간을 갖겠습니다."

은퇴 후 사업가이자 색소포니스트로 변신한 회장님 발언에 이어 참석한 회원들 근황 소개가 이어졌다. 공공기관 과장으로 정년을 맞은 P회원은 생태 환경해설사 시험에 합격했다고 해서 축하를 받는다. 머리가 허연 초등 교장 출신 J회원은 방통대에서 중문학을 공부하며 대학원 진학을 고려한다는 발언에 학구파는 역시 다르다며 칭송이 이어진다. 기술직 고위공무원으로 퇴직한 K회원은 회사 중역으로 번듯한 사무실을 갖고 있어 부러움의 대상이었다.

이 동창회는 그야말로 주경야독의 대표모임이 아닌가? 그 어려웠던 80년대 초 직장생활을 하며 야간 대학에서 같이 공부했던 그 동창들이 30년이 더 지난 지금도 성성하다. 연령대는 70대부터 50대까지 다양하지만 각자 자리에서 별들처럼 빛나다가 이제 다시 한자리에 모인 것이다.

거의 끝나갈 즈음 서귀포시장을 지낸 P회원 차례가 되었다.

차기 도지사나 국회를 넘보며 바쁘게 사는 줄 알고 모두 주목하기 시작했다. 하지만 그의 입에서 나온 근황 소개는 뜻밖이었다. "예, 저도 지금 무척 바쁘게 살고 있습니다."라는 서두에 이어 다니는 교회에서 시간대별로 신도들 주차 봉사하느라 바쁘게 살고 있다는 얘기, 그 밖의 시간은 건강을 위해 산책에 시간을 할애하고 있다며 겸손하게 끝을 맺는다.

봉사활동을 하고 있다는 그의 말은 의외였으며 내 허황된 생각에 일침을 가하기에 충분했다. 그는 내려놓는 법을 잘 알고 있는 사람이었고 가장 높은 곳에서 가장 낮은 곳을 바라볼 수 있는 혜안을 가진 사람이었다. 채움에 이어 낮은 밑바닥에서 비움을 실천하며 봉사활동을 하고 있다는 그의 말은 도대체 무얼 의미하는가? 난 부끄러웠다. 지금도 사회에서 활발하게 활동하고 있다는 나의 소개에 일침을 가한 그의 근황 소개는 나를 다시 돌아보게 했다.

그렇다. 이젠 P처럼 모두 정점에서 내려와야 한다. 채움이 있었으니 비움도 있어야 다시 채울 수 있는 게 아닌가? 은퇴자들은 별들을 빛나게 하는 까만 하늘처럼 누군가의 배경이 되며 살아갈 때 아름다울 수 있다. 주인공이 아닌 나머지가 되고 누구의 배경만 되면서 살아간다는 것이 어디 그리 쉬운 일일까만 집착만 내려놓을 수 있다면 가능한 일이 아닐까? 여름의 끝자락에서 다시 한번 내 삶의 모습을 되돌아보는 계기가 되었다.

처서가 지나서일까? 가을 전령사 귀뚜라미 소리가 내 뜨락에 한가득이다.

초록이 성성하던 나뭇잎들도 곧 자리를 비울 준비를 하는 듯 보여 허허롭기 그지없다. 나(我)에서 비롯되는 걱정은 집착과 탐욕에 있다고 부처가 가르쳤듯 떨어질 준비를 하는 나뭇잎들도 비움이 아름답다는 진리를 가르치려는 건 아닐까? 집착과 탐욕이 우리를 병들게 하고 있다. 이제 비움으로써 채워지는 삶의 진리를 깨닫고 내 삶 좌표도 다시 설정해야 하지 않을까 싶다.

오늘 밤 빈센트 반 고흐의 밤하늘이 내 뜨락에 무수히 쏟아져 내린다. 곧 가을이 들판으로 달려와 우리를 맞이할 것만 같다.

은퇴자들이여! 이 가을 집착과 탐욕을 내려놓고 우리 모두 별들이 빛날 수 있도록 밤하늘의 까만 배경이 되어보는 건 어떨까?

채움, 그리고 비움

요즘 텔레비전 프로그램도 온통 올드보이로만 출연진이 채워지고 있어 안타까움을 금할 수 없다. 마르고 닳도록 오랜 세월 중앙무대에 섰으면 이제 젊은이들이 빛날 수 있게 무대에서 내려와야 하는데도 불구하고 도무지 내려올 생각을 하지 않는다. 그들은 세상이 나를 부르는데 어찌하느냐고 변명할지도 모르지만 스스로 내려와야 한다. 그뿐인가? 모임에 가면 아직도 학교장 출신이나 고위공직자 출신들이 현직으로 착각하고 낯 뜨겁게 행동하는 모습들을 볼 수 있어 우리를 슬프게 한다. 낡은 잎이 떨어져야 새잎이 진초록으로 물들 듯 이젠 우리가 떨어져 줘야 한다. 밤하늘에 별이 빛날 수 있도록 이젠 우리가 까만 배경이 돼 주어야 한다.

지금
이 순간

햇볕이 따사로운 어느 봄날로 기억된다. 정년퇴직을 하고 오랜만에 해안도로를 따라 올렛길을 걷다가 만난 카페에서의 추억. 상호(商號)가 맘에 끌렸음 이런가? 우린 잠시 쉬어갈 겸 카페로 발걸음을 옮겼었다. 카페 '지금 이 순간'에서 좋은 친구들과 수평선 너머로 아스라이 멀어져가는 어선들 그리고 아름다운 풍광과 부드러운 바람 앞에서 우린 너나 할 것 없이 지금 이 순간의 행복을 만끽했었다. 그렇다. 우리는 그 순간 그 카페에서 그렇게 하나가 됐었는지도 모른다.

잊지 못할 한담 해변에서의 추억을 떠올리며 톨스토이의 《인생론》이 떠오르는 건 또 어인 일일까?

《인생론》은 러시아의 대문호 레흐 톨스토이의 참회록이다. 인생이란 무엇인가, 어떻게 살아야 행복할 수 있는가 등 삶의 근본적인 문제들에 대한 해답이 묵시적(黙示的)으로 담겨있어 한 해가 가는 세모(歲暮) 무렵에 읽기에 더없이 좋은 책이다. 삶의 근본에 대한 고민이 생기는 요즘 《인생론》을 읽고 삶의 텃밭을 더 풍요롭게 가꿔보는 건 어떨까?

톨스토이의 《인생론》에서 지금 이 순간의 중요성을 암시하는 좋은 일화가 있다.

두 친구가 눈보라 속을 걸어가고 있었다. 한 치 앞을 내다볼 수 없는 눈보라 속에서 두 친구는 눈 속에 쓰러져 있는 사람을 발견하게 된다.

"이보게, 우리 이 사람을 같이 데리고 가세."

"아니, 지금 무슨 소린가? 이 눈보라 속에서 같이 얼어 죽을 텐가? 난 그냥 가겠네."

하지만 한 친구는 쓰러진 사람을 등에 업고 끊임없이 휘몰아치는 눈보라 속을 걸어갔다. 끝없이 펼쳐진 벌판에서 추위와 싸우며 걸어가던 친구는 희미하게나마 불빛을 발견하게 되고 이윽고 도착한 집 앞에서 먼저 간 친구가 얼어 죽어 있음을 발견하게 된다.

세상에서 가장 중요한 것들이 무엇인가에 대한 의문을 서로의 체온으로 살아남게 된 친구와 혼자 가다 동사(凍死)해 죽은 친구에게서 찾아보라는 묵시적 일화이다.

톨스토이의 《인생론》에서 지금 이 순간의 중요성을 암시하는 또 다른 일화가 있다.

한 왕이 인생에서 풀지 못한 세 가지 의문에 대한 답을 구하고 있었다. 의문은 '모든 일에서 가장 적절한 시기는 언제일까?', '어떤 인물이 가장 중요한 존재일까?', '세상에서 가장 중요한 일은 무엇일까?' 이 세 가지였다. 왕은 국사를 행할 때 항상 이 세 가지 일로 결정을 내리는데 자신이 없었다. 많은 학자들과 신하들이 별의별 해답을 제시하였으나 임금의 마음을 흡족하게 할 대답은 없었기 때문이었다.

급기야 임금은 성인으로 잘 알려진 산골의 은자를 찾아가기에 이르렀다. 그러나 은자는 아무 대답 없이 밭만 갈고 있었다. 그때 갑자기 숲속에서 한 청년이 피투성이 몸으로 달려 나왔다. 임금은 자기 옷을 찢어서 청년의 상처를 싸매주고 정성껏 간호해주었다. 알고 보니 그 청년은 임금에게 원한을 품고 있던 젊은 신하였다. 비로소 그 청년은 임금의 간호에 감격하여 원한의 감정을 풀고 더 충성스러운 신하가 되겠다고 맹세했다.

임금은 은자에게 세 가지 의문에 대한 답을 구했다. 은자는 해답은 이미 나왔다고 대답하면서 다음과 같이 말하는 것이었다.

"세상에서 제일 중요한 때는 바로 지금입니다. 사람이 지배하고 사용할 수 있는 시간은 바로 지금뿐이기 때문입니다. 그리고 제일 중요한 존재는 자신이 지금 대하고 있는 바로 그 사람이지요. 마지막으로 제일 중요한 일은 지금 대하고 있는 바로 그 사람에게 정성을 다하여 사랑을 베푸는 것입니다."

그렇다. 두 일화가 우리에게 암시하는 것은 지금 이 시간, 지금 만나는 사람, 지금 하는 일이 세상에서 가장 중요한 일이라는 것이 아닌가? 하지만 우리는 이 사실을 모른 채 현실적인 삶과 물욕으로 채워진 삶에 목숨을 걸고 살아가고 있다. 죽음에 가까이 다가가서야 비로소 찾는 인생의 진실을 왜 우리는 모른 채 살아가고 있는 것일까? 먼 미래에서만 행복을 찾는 사람이 있다면 그건 다가오지 않는 신기루일 뿐이다. 행복은 오늘 내 곁에 소소한 일상을 해나가는 지금 이 순간에 있다.

칼바람이 온 뜨락에 가득하다. 겨울이 깊숙이 우리 곁에 들어와 있음을 체감한다. 동지(冬至)가 코앞이고 보면 이제 다시 한 해가 가는 막다른 길목에 서 있다. 이 막다른 골목에 서 있는 지금 난 무엇을 하고 무엇을 위해 살아가고 있을까? 만약 그 삶이 잡히지 않는 신기루라면 지금 이 순간 내 자신을 숙연히 돌아볼 일이다. 저무는 길목에서 자신을 돌아보고 지금 내 곁에 있는 가족과 이웃들을 돌아보며 다시는 오지 않을 오늘 지금 이 순간을 온몸으로 맞이하는 건 어떨까?

그 봄날 그 순간의 행복을 느끼게 해준 한담 해변 카페가 다시 그리워진다. 깊어가는 겨울 초입에 한담 해변은 어떤 모습으로 사람들을 맞이하고 있을지 궁금해지는 오늘이다.

지금 이 순간

　　송나라의 거유(巨儒) 주자(朱熹)가 후대 사람들을 경계하기 위해 사람이 일생을 살아가면서 하기 쉬운 후회 가운데 가장 중요한 열 가지를 뽑아 제시한 주자십회(朱子十悔)가 있다. 그중 부모에게 효도하지 않으면 돌아가신 후에 뉘우친다(不孝父母 死後悔), 가족에게 친절하지 않으면 멀어진 뒤에 뉘우친다(不親家族 疎後悔), 손님을 잘 접대하지 않으면 떠난 후에 후회한다(不接賓客 去後悔), 이 세 가지 후회가 지금 곁에 있는 사람의 중요성에 대한 톨스토이의 생각과 일맥상통하는 부분이다. "무사 경 밖에서만 밥 먹엄시? 오늘랑 식구들 허고 밥 먹으민 안 되커냐?" 난 그날 어머니 말을 듣지 않고 직장 회식에 참가했었다. 왜 그 순간 내 곁에 있는 가족들 외엔 모든 것이 무의미하다는 것을 느끼지 못했을까? 그날 어머니와 같이 가족들과 식사를 하지 못한 것이 이렇게 괴로울 줄 몰랐다. 오늘도 가슴을 치지만 어머니는 이미 내 곁을 떠나간 지 오래다. 그 많은 친목회와 직장동료, 사회 단체활동이 가족 앞에서는 다 무의미하다는 걸 왜 몰랐을까? 후회한들 가슴만 아프지만 난 오늘도 이렇게 그럭저럭 살아가고 있다.

사회적 거리,
그리고 봉쇄(封鎖)

앞만 보고 내달리는 사회에서는 주위에 있는 소소한 것들이 보일 리가 없다. 나도 그랬다. "내려갈 때 보았네. 올라갈 때 보지 못한 그 꽃." 고은 시인의 이 시를 되새기며 일상에서 잠시 멈춤을 하고 사유(思惟)의 시간을 가졌더라면 하는 아쉬움을 느낀다. 정말 중요한 것은 왜 보이지 않는 것일까?

난 지금 스스로 자가격리 중이다. 면도를 언제 했는지도 모르고 원시 자연 그대로의 인간 모습이다. 코로나19가 가져다준 내 일상의 변화다. 스스로 격리하면서 잊었던 것들을 소환하고 소소한 것들과 대화하는 일상은 이타심(利他心)의 발로라고나 할까? 감염이 두려워서가 아니다. 다른 사람에게 바이러스를 전파시키는 게 더 두려웠기 때문이다. 중요하다고 생각되는 삶의 방식이 모두 삭제된 지금, 소소한 일상이 나를 다른 세계로 인도한다.

그동안 독서와 창작을 하지 않은 건 아니지만 진정으로 몰입된 독서와 글쓰기는 처음이었고 새로운 세계를 경험하는 듯한 묘한 감정이 나를 울렁이게 했다. 그래서 나가지 않고 잠시 멈춤을 경험하고 있다. 멈춰 보니 보인다는 얘기다. 내가 보였고 내가 하는 일이 보였다. 일상을 멈추고 못 읽었던 책을 읽고 잊었던 추억을 소환하며 아련한 일주일을 보냈다. 나를 돌아보는 시간, 잠시 멈춤은 멈춤이 아니라 나아가기 위한 에너지를 비축하는 일이라는 걸 깨닫게 된 일주일이라고나 할까?

아마 지난해 말로 기억된다. 신종 코로나바이러스 감염증 확산은 중국 정부가 쉬쉬하다가 사망자가 나오면서부터는 우한(武漢)시와 인근 도시들을 늦게 봉쇄했다. 지구촌 팬데믹(pandemic)을 알리는 전주곡이었다고나 할까? 중국이 후베이(湖北)성 우한(武漢) 지역을 봉쇄한 후 코로나19에서 조금씩 벗어나기 시작하자 중국은 진원지를 은근슬쩍 우리나라로 지목하기 시작했다. 이때부터 우리나라는 중국에 대한 강경 조치를 하려는 듯했지만 어찌된 일인지 전 세계 확진자가 58만 명이 넘어가도록 중국인 입국 금지 요청에 정부는 너무나 미온적이었다. 심지어 신임 중국대사는 입국 첫날 자국과의 여행 교역 제한 조치는 불필요하다고 으름장을 놓았다. 중국이 무서웠던 것일까? 봉쇄하고 차단(遮斷)했으면 지금은 어떻게 됐을까 하는 아쉬움이 남는다.

사회적 거리 두기 운동이 한창이지만 대구에서도 봉쇄정책을 시행했었더라면 또 어떻게 되었을까? 중국에 이어 이탈리아도 전국을 봉쇄하며 코로나19와 싸우고 있기에 하는 말이다. 작금의 상황을 보면서 아직 WHO가 팬데믹을 선포하지는 않았지만 역사상 최악의 팬데믹인 14세기 유럽의 페스트에 가깝진 않을지 하는 두려움이 앞서는 건 사실이다.

요즘은 사회적 거리 두기를 강조하고 있지만 한동안 봉쇄(封鎖)라는 단어를 두고 말이 많았다. 제주도지사가 대구발 항공기 중단을 건의했다가 정치권과 지역민들의 비난을 피하지 못하고 결국 철회한 일이 있었다. 집권당 수석대변인도 사퇴하게 만들고 급기야 대통령까지 나서서 해명해야 했던 봉쇄라는 단어는 결국 수면 아래로 침잠하고 말았다.

특정 지역을 비하한다는 논리, 해당 지역민들에게 비수

를 꽂는 일이라는 등 총선을 앞두고 지지층 결집만 생각한 발언들은 아니었을까? 안타깝다. 낭패(狼狽)다. 지금처럼 어려운 시기에는 네 탓, 네 탓은 추후 합리적으로 따져보기로 하고 우선 힘을 모아 난국을 헤쳐나가야 하지 않을까? 그럼에도 불구하고 서로의 잇속을 채우려는 정치 논리가 이 지경에 이르지 않았나 하는 의구심은 지울 수 없다. 우리나라가 이래저래 정치인들 때문에 국민이 피해를 보는 일이 생겨 안타깝기 그지없다.

우리 모두를 살리는 일에 정치 논리들이 끼어들어 알레르기 반응을 보이는 이유는 뭘까? 입바른 소리들을 잘하는 시민사회단체들도 이번 코로나19 사태엔 가타부타 아무런 말이 없다.

우리 모두 이제라도 잠시 멈추고 나를 돌아보는 시간을 갖자. 우린 너무 앞만 보고 달려가고 있기에 하는 말이다. 멈춰 보니까 자유가 얼마나 소중한지 새삼 절감하게 된다. 코로나19는 현대인들에게 잠시 멈추라는 신이 내리는 명령은 아닌지 생각해 보아야 할 일이다. 뭉치지 말고 흩어져야 사는 세상이다. 우리나라 초대 대통령이 한 말이 새삼스레 떠오른다. 뭉치면 살고 흩어지면 죽는다고. 단합을 강조한 말이겠지만 아이러니하게도 지금은 뭉치지 말고 흩어져야 사는 세상이 되었다.

앞으로 또 어떤 슈퍼 바이러스가 창궐할지 모른다. 이럴 때일수록 자신을 깨끗이 정화하고 치유하고 다른 사람을 살리는 치유의 바이러스가 필요하다. 어떤 바이러스가 창궐한다 해도 현대인은 그것을 잘 극복하고 대처할 수 있으리라 확신하기에 코로나19도 머지않아 우리 곁을 떠날 것이다.

보이지 않는 바이러스에 온 세상이 감염되고 있지만 사람을 죽이는 바이러스가 아닌 사람을 살리는 바이러스, 치유와 정화의 바이러스에 감염되는 세상이 되었으면 좋겠다. 이기심을 버리고 이타심으로 생활하는 그 행복 바이러스는 자신을 사랑하고 남을 사랑하는 마음에서 무한정 배양되기에 세상을 살리는 바이러스는 널리 퍼질수록 좋다. 꿈같은 얘기다.

또한 코로나19는 브레이크 없이 내달리는 현대인들에게 내리는 죽비는 아닐지 한번 생각해 볼 일이다. 모든 게 멈춰 버린 지금도 일부 업종을 비롯해 자기중심으로 세상이 돌아가 주기를 바라는 사람들이 보인다. 자리이타(自利利他)도 좋지만 이타(利他)가 먼저인 세상이 되었으면 하는 바람이다.

곧 사월이다. 유대인의 지혜서에 나온 경구처럼 이것 또

한 빨리 지나갔으면 좋겠다. "이것 또한 지나가리라^{(This too,} ^{Shall pass away)}." 하지만 아쉬운 건 어쩔 수 없다. 중요한 것이 무엇인지 알고 선택하는 삶을 살아갈 수 있다면 얼마나 좋을까?

그렇다. 멈춰봐야 올라갈 때 보이지 않았던 그 꽃도 보이고 멈춰봐야 소소한 일상이 얼마나 중요한가를 새삼 느낄 수 있으리라.

사회적 거리, 그리고 봉쇄(封鎖)

코로나19가 팬데믹에서 벗어나 지난 2023년 6월 1일을 기점으로 경보 수준을 '심각'에서 '경계'로 하향 조정하였다. 이에 따라 마스크 의무 착용은 물론 확진자 격리 의무마저 사라졌다. 마스크 5부제로 약국에 긴 줄이 이어지고 사회적 거리 두기로 3명 이상 집합 금지 조치가 내려져 식당에서 4명이 밥을 먹으려면 1명은 다른 자리에 앉아 일행이 아닌 척 따로 밥을 먹어야 했던 때가 있었다. 어느 식당에 다녀간 사람이 확진되었다는 뉴스에 그 확진자의 동선을 공개하고 그 식당을 소독하고 그곳을 다녀갔던 모든 사람들도 PCR(중합효소연쇄반응) 검사를 받으며 공포에 떨었었다. 지금 생각하면 우습기 그지없는 일이다. 하지만 지금도 코로나19는 진행 중이다. 그렇다고 지금 코로나19에 감염될까 두려워 공포에 떠는 사람은 찾아볼 수가 없다. 어느 조치가 옳았는지는 아직도 규명하지 못하고 과학은 실종되었다. 그 바이러스의 근원조차 밝히지 못하고 있지만 코로나19가 남긴 교훈은 자명하다. 무분별한 개발 논리로 환경파괴가 지속되는 한 더 심각한 바이러스 창궐로 인간은 자멸할 것이라는 사실이다. 신이 내린 경고를 인류는 심각하게 받아들여야 한다.

순응하는
삶

　　　　　　　　　새삼 자연의 순리를 생각하게 하
는 계절이다. 한 치의 어긋남도 없이 자연에 순응하며 싹을
틔우고 꽃을 피우는 나무들, 찬바람을 온몸으로 받아들이며
겨울을 준비하는 나무들 모습에서 진정 자연의 순리(順理)를
느낀다. 신의 섭리(攝理)를 보는 듯하다. 분주함이 느껴지는
오늘이다. 올가을 우리 집 뜨락에는 대추가 참 많이도 달렸
었다. 진홍색의 굵은 씨알을 따먹으며 달고 아삭한 맛을 온
몸으로 느끼곤 했는데 벌써 낙엽이다. 일교차가 심한 나날이
계속되면 제일 먼저 낙엽이 되는 게 대추나무이다. 5월 중순
이 돼서야 제일 늦게 잎사귀를 내밀고 찬바람이 불면 제일
먼저 낙엽으로 돌아가는 나무. 아낌없이 모두 내주고 떠나는

잎사귀들이 바람에 몸을 맡긴다. 이내 다가올 겨울을 맞이하려는 듯 군무(群舞)의 향연을 펼친다.

인간에게 모두를 내주고 조용히 생을 마감하는 나뭇잎, 삶에 순응하며 착하게 살아가는 범부(凡夫)들의 모습을 닮았다고 생각해 본다.

나무들은 자연이 정한 순리를 거스르는 법이 없다. 인간의 삶도 이러하면 얼마나 좋을까? 생명을 연장하려고 더 젊게 보이려고 온갖 시술과 성형을 일삼는 인간, 개발 논리만을 앞세워 무분별하게 자연을 파괴하는 인간들의 작태(作態)를 대하며 안타까움을 금할 수 없다. 옛 조상들이 현재를 살아가고 있다면 어떤 시선으로 우리를 질책할 것인지 자못 궁금하기만 하다.

효경에 있는 신체발부 수지부모(身體髮膚 受之父母)로 시작되는 구절을 들먹거리지 않더라도 생긴 그대로 살아주었으면 하는 생각이다. 그게 진정한 아름다움이다. 자연과 더불어 생로병사의 삶을 오롯이 받아들이고 자연으로 돌아가는 삶을 살았으면 좋겠다.

세인들의 역행하는 삶 때문일까? 구석구석에서 속취(俗臭)가 풍겨 나온다.

오늘도 저녁에 들길을 걸었다. 저녁인데도 불구하고 콘크리트로 덮여 있어 들판이 훤하다. 내가 사는 마을의 병문천 변은 아직도 태풍 나리의 흔적을 지워가는 공사가 한창이기 때문이다. 저류지 공사도 막바지에 이르렀다. 이제 곧 병문천 제1저류지가 완공되고 나면 병문천도 옛 모습을 감출 것이다. 온갖 시술과 성형을 한 요부(妖婦)의 모습으로 다가오지 않을까 모르겠다.

참게, 진달래를 비롯한 많은 동식물들이 차지했던 자리는 기억 속에 추억 속에 그리움으로만 남을 것이다. 아쉽다. 겨우살이 준비로 분주한 나무들이 새삼 살갑게 느껴지는 오늘이다.

순응하는 삶

　　학교 관리자가 되면서 사회에 제 목소리를 내고 싶었고 문화 칼럼을 쓰고 싶었다. 그래서 지역 일간지《제주일보》해연풍 필진(筆陣)에 합류했고 그 첫 지면을 차지한 칼럼이 '순응하는 삶'이다. 그게 2009년 11월로 기억한다. 참 오래도 된 칼럼이다. 태풍 나리가 1997년 제주를 강타하고 난 2년 뒤에 쓰인 칼럼이지만 아직도 그때의 생각은 변하지 않았다. 자연의 순리를 따라 명멸해가는 나무들처럼 인간도 자연에 순응하는 삶을 살아야 한다. 오늘따라 어릴 적 병문천에서 잡았던 큰 참게가 생각나는 건 어인 일일까?

불신(不信),
일상이 되다

새벽 연북로가 고요하다. 불야성을 이루던 인근 장례식장은 마스크를 낀 상주들만이 주검 앞에 도열해 있다. 곧 발인(發靷)을 하고 떠나야 하는 주검들만이 새벽을 여는 것 같은 생각에 이르자 일상이 점점 낯설고 불안으로 다가오는 건 어인 일일까?

#에피소드1.

문학상 시상식이 있었다. 기념사진을 찍는데 마스크는 벗고 찍자고 한다. 그 말에 이어서 뒤에서는 무슨 소리냐고 언성을 높인다. 순간 사진을 찍으려 서 있던 참석자들은 부랴부랴 마스크를 올리고 분위기는 순식간에 얼어붙는다.

#에피소드2.

맞은편에서 부부가 걸어온다. 좁은 인도라 난 재빨리 마스크를 올리며 무장을 한다. 이를 본 부부도 재무장을 위해 서둘러 마스크를 꺼내며 두런거린다.

#에피소드3.

하루 종일 집 안에 있었던 탓일까? 가슴이 답답하다. 늦은 밤 도심 속으로 드라이브에 나섰다. 간간이 택시만이 애타게 손님을 기다릴 뿐 오가는 차량은 물론 인적도 끊겼다. 음식점들마저 불을 꺼버려 유령의 도시를 연상케 한다. 마스크를 쓴 사람이 걸어가는 도시엔 불신(不信)이 짙게 드리워지고 있었고 불빛은 희미하게 어둠을 밝히고 있었다.

#에피소드4.

'딩동' 벨 소리에 고개를 빼꼼 내밀고 대문을 바라보았다. 누구세요? 예, 택배입니다. 2m 이내로 접근하는 것이 두렵다. 예, 그냥 거기 문 옆에 놔주십시오.

#에피소드5.

아직 24개월도 되지 않은 손녀가 제 엄마와 대문 밖을 나선다. 마스크를 벗지 않도록 신신당부하는 할머니와 마스크로 작은 얼굴을 다 가린 손녀의 모습이 가련하기 그지없다.

지난해 중국 후베이성 우한에서 시작된 신종 코로나바이러스가 인간을 공격한 지가 일 년이 넘었다. 180만 명이 넘는 인명을 빼앗아 갔으며 그러고도 모자라 인간이 공격무기도 만들기 전에 바이러스는 다시 변이를 계속하며 더 강력하게 인간을 공격하고 있다.

욕심이 바벨탑의 저주를 불러왔듯 자연을 파괴하고 인류 문명을 쌓은 인간에게 신(神)은 바이러스로 저주를 내리는 건 아닐까? 창세기 바벨탑의 저주와 함께 작금(昨今)의 신종 바이러스도 인간을 불신의 늪으로 내몰고 있는 형국이다. 백신이 개발되었다고는 하나 두려움을 떨쳐버릴 수가 없다. 이 바이러스의 공격이 언제 끝날지 아는 사람은 아무도 없기 때문이다. 누구도 경험하지 못하고 가보지 않은 길에서 인간의 공격은 이제야 시작됐고 백신의 개발로 공격무기를 확보했다고는 하나 종식은 안개 속이다.

더구나 코로나 청정 지역으로 알려져 코로나 탈출 여행지로 육지 사람들이 찾던 제주가 지난 구랍(舊臘)에만 확진자 400명을 넘기며 누적 확진자가 500명대에 이르고 있다. 이어인 아이러니인가? 청정 지역이어서 코로나 탈출 제주 여행을 왔던 사람들이 모두 확진되는 웃지 못할 상황도 연출되고 있다.

경자년 교수신문도 오죽했으면 작년 사자성어로 신조어를 만들어 가면서까지 아시타비(我是他非)를 선정했을까? 정말 불신의 시대이다. 나만 옳고 다른 사람은 불신할 수밖에 없는 2020년을 보내고 가슴을 활짝 펼친 채 긴 호흡을 하고 싶은 건 나만 느끼는 간절한 생각일까?

더구나 가족 간의 불신이라니, 아이러니도 이런 아이러니가 없다. 가족이란 모빌과 같은 존재라고 하지 않는가? 그래서 더 조심스럽다. 하나 건드리면 다 움직이는 모빌과 같이 가족 중 누구 한 사람이 감염된다면 모두가 감염되기에 가족 간에도 불신할 수밖에 없는 세상이 안타깝기만 하다. 마스크를 벗은 채 아이들이 마음 놓고 호흡하며 가슴을 펴고 달려 나가는 세상을 빨리 회복했으면 좋겠다.

이 와중에도 지구로 거대한 소행성이 날아오고 있다고 미

항공우주국^(NASA)이 17일 발표했다. 전 세계가 코로나19로 몸살을 앓고 있지만 설상가상 더 큰 재앙이 올 수도 있다는 소식을 접하니 가슴이 더 답답하다. 점성술사들이 발견하고 예견한 소행성들이 바이러스와 함께 지구로 돌진 중이라니 정말 지구의 종말이 올 것처럼 불안하고 공포가 밀려오고 있는 밤이다.

정다운 사람들마저 불신할 수밖에 없었던 2020년이 저물고 이제 신축년^(辛丑年) 새해가 밝았다. 정말 새해에는 모든 이에게 소소한 일상이 기쁨으로 다가왔으면 좋겠다. 오늘이 소한^(小寒)이지만 이제 곧 들려올 봄소식과 함께 코로나19 소식 소식도 함께 들렸으면 하는 마음이 간절하다.

불신(不信), 일상이 되다

　　이제 일상이 된 불신은 해소되어 가고 있는 듯하다. 사람들 마음속에 코로나19로 타인에게 피해를 주고 싶지 않은 이타심(利他心)이 저마다 어느 정도 생성되어 있어 다행이긴 하지만 사회 깊숙이 자리한 아시타비(我是他非)의 불신은 끝을 모른 채 사회 갈등으로 곤두박질하고 있다. 관점이 다를 뿐 다른 사람의 생각도 틀린 건 아니지 않은가? 내로남불로 다른 이들의 생각을 무시하지 않는 세상이 되었으면 좋겠다. 역지사지(易地思之)의 마음으로 동료와 주변 사람들의 생각을 존중하고 이해할 때 세상은 훨씬 견디기 편할 것이기에 하는 말이다.

단상(斷想),
대중탕에서

"저 제가 등 때 좀 밀어드릴까요?"

코로나 팬데믹이 풀리기 시작한 지난 3월 어느 날 오후로 기억된다. 힘들게 등과 사투(?)를 벌이는 내가 안타까워서였을까? 초로에 접어든 신사가 나에게 다가와 말을 걸어왔다. 요즘도 섣불리 남의 등 때를 밀어주겠다고 제안하는 사람이 있다니 의외였다. 하지만 난 그분의 진심 어린 눈빛을 보곤 얼른 감사함을 표하며 등을 내주었던 기억이 아직도 생생하다.

그날 오랜만에 대중목욕탕을 찾았었다. 평소 일주일에 한 번 정도 목욕을 했었으나 코로나 팬데믹 이후 몇 년간은 거의 대중탕을 찾지 않았다. 집에서 샤워로 목욕을 대신해야 하는 그 불편함은 이루 말할 수 없었다. 대중탕을 찾는 것이 습관으로 굳어버린 탓일까? 아무리 샤워를 해도 개운하지가 않았다.

어쩌랴! 등 때문에 대중탕을 찾을 때마다 늘 안타까웠는데 그날은 구세주를 만난 격이었다.

"아이고 감사합니다, 선생님. 이젠 제가 밀어드릴게요."

"아, 저는 괜찮습니다."

사양하고 제자리로 돌아간다. 정말 시원하고 상쾌했다. 어렵게 밀어야 하는 지점에서 늘 좌절하고 끙끙대기 일쑤였는데 이렇게 고마운 분 도움을 받다니 거듭 사의를 표하고 싶었지만 이미 그분은 목욕탕을 빠져나간 듯 보이지 않았다.

인간도 침팬지나 고릴라와 같은 영장류이긴 하지만 팔이 짧아 욕탕에서는 늘 어려움을 겪는다. 아니, 나만 유독 팔이 짧은 것일까? 욕탕에서 닿을 듯 말 듯 애간장을 태우는 지점에 이르면 어쩔 수 없이 좌절하지 않을 수가 없기에 하는 말이다.

인터넷 검색창에서 '등 때'라고 쳐보라. 혼자 등 때 미는 방법 등이 좌악 검색되어 나온다. 한술 더 떠 쇼핑 알고리즘이 등 때 미는 각종 도구들을 찾아주면서 화려하게 화면을 장식한다. 얼마나 등 때 밀기가 답답했으면 사람들 지갑을 노리는 검색어가 줄줄이 나오겠는가 말이다.

그렇다면 건조한 대륙성 기후로 인해 몸을 잘 씻지 않는 중국 목욕 문화에 비해 우리는 너무 자주 씻는 편은 아닐까? 우리나라에선 기원의 의미를 담고자 했을 때 몸을 씻었다고 전해진다. 목욕재계는 '제사를 지내거나 신성한 의식을 행할 때 목욕으로 몸을 깨끗이 하고 마음을 가다듬어 부정을 피하는 것'을 뜻했기에 그러하다고 할 수 있다. 몸과 마음을 정화하는 행위로 몸을 씻었던 것은 참으로 바람직한 목욕 문화가 아닌가 생각된다. 더구나 신라 시대에는 목욕재계를 계율로 삼는 불교로 인해 목욕이 습관화·대중화되었으며 사찰과 일반 가정에서도 목욕 시설을 따로 마련하는 등 목욕재계를 통해 마음의 죄를 씻어내고자 자기 정화 의식을 하였다고 하니 얼마나 바람직한 목욕 문화의 시원(始原)인가?

목욕하면 떠오르는 곳이 인도의 갠지스강이다. 힌두교도들이 신성시하는 강이 아니던가? 인도는 갠지스강에 몸을 씻으면 모든 죄를 면할 수 있다고 생각하였고 심지어 죽은 뒤에 이 강물에 뼛가루를 흘려보내면 극락에 이를 수 있다고 굳게 믿고 있기에 갠지스 강가에서 행해지는 성스러운 장례 의식을 우린 자주 목격하게 된다.

일본은 특히 목욕을 즐기고 좋아하는 나라임에는 틀림없는 것 같다. 일본인들은 어릴 적부터 뜨거운 온천에 목욕하는 습관이 몸에 배어 있다고 한다. 일본인에게 있어 입욕은 단순히 몸을 청결하게 하는 게 아닌 힐링의 시간이며 집에 욕조가 없으면 공중목욕탕을 이용하기도 했지만 공중목욕탕 출입 제한은 엄격했다고 전해진다. 위생에 철저했다는 얘기다. 이에 비하면 우리나라의 공중목욕탕은 감염 질환이 있든 피부병이 있든 상관하지 않고 출입이 자유롭다. 이런 면에서 면역력이 약한 사람은 가급적 대중탕을 피하는 게 좋지 않을까 하는 생각이 든다.

이 밖에도 "로마는 목욕탕 때문에 망했다."는 말이 있을 정도로 화려한 목욕 문화를 가지고 있었던 로마를 비롯해 핀란드, 러시아 등 겨울이 혹독한 북유럽에서는 독창적 '사우나' 문화가 발전했다. 사막의 모래바람과 장거리 무역이 일상인 아랍권은 '하맘'이라는 독특한 목욕 문화를 발전시켜 왔다. 목욕탕이 알라를 뵙기 전에 몸을 씻는 곳으로 여겨져 하맘이 발달하였을 것으로 보인다.

목욕은 일상에서 얻은 긴장과 스트레스를 풀어주기도 하고 미세 먼지 등 피부에 쌓인 노폐물들을 씻어내기도 하니, 현대인들의 상쾌한 하루를 마감하는 중요한 의식인 것만은 틀림없다.

하지만 각 나라의 향토 문화에 따라 목욕의 의미는 달랐다고 볼 수 있다. 때밀이 문화가 있는 우리나라에서도 때를 평생 밀지 않는 사람들이 멀쩡히 살아가고, 반대로 때밀이 문화가 없는 서양권 사람들이 때를 밀지 않아서 한국인보다 더럽다고 생각하는 이도 없을 것이다. 하지만 모든 나라에서 단순히 청결하게 몸을 씻는 의식에서 벗어나 몸과 마음을 정화하는 의식으로 목욕 문화가 발전되어 온 것은 바람직한 일이라 할 수 있다.

작은 친절과 배려가 세상을 바꿀 수 있다는 생각이 든다. 그래서일까?

오늘 밤 난 그 초로의 신사에게 다시 감사의 마음을 전하고 싶다. 버뮤다 삼각지대에서 날 살려낸(?) 그 구세주처럼 내가 누구에게 친절과 배려로 살가운 도움을 줬던 기억이나 있는가? 기억을 되살리려 하면 할수록 부끄러움만 묻어 나올 뿐이다.

갈수록 세상이 각박해진다. 함부로 옆 사람에게 등 때를 밀어달라고 부탁할 수 없는 세상이 되었으니 안타깝기 그지없다. 스스럼없이 서로 등을 내주며 정담을 나누는 목욕 문화로 되돌릴 수는 없는 것일까?

작은 나비의 날갯짓이 미국 텍사스에서 토네이도를 일으킨다는 나비효과처럼 남을 배려하는 손길들을 모아 모아 온 나라에 번져나갈 수 있게 했으면 하는 바람이다. 반짝이는 별빛들은 계절이 어느새 여름으로 치닫고 있음을 알리고 있다. 이 밤 어린 시절 서로 등을 토닥거리며 물장구를 치던 냇가가 그리워진다.

단상(斷想), 대중탕에서

　　난 어릴 적 대중탕을 가 본 기억이 거의 없다. 아니, 대중탕이 아니라 명절이 다가와도 집에서 몸을 씻어본 기억조차 없다. 더군다나 따뜻한 물에 목욕이란 언감생심이었다. 산골 마을에서 대중탕이란 엄두도 못 낼 사치였고 여름 한철 냇가에서 멱 감으면 그만이 아니었던가? 내가 대중탕을 처음 이용해 본 건 고등학교 2학년 때가 아닐까 생각된다. 둥그런 모양의 욕조로 기억되는 온탕에서 느꼈던 뜨뜻함이라니. 그런 필자가 대중탕에서 50여 년 만에 그 뜨뜻함을 다시 느낀 건 그 초로(初老)의 신사 덕분이었다.

단상(斷想),
새벽을 열며

오늘도 예외는 없었다. 새벽 5시, 어김없이 잠에서 깨어나는 나의 일상이 시작되었다. 나이가 들어서일까? 요즘 새벽에 잠에서 깨는 날이 많아졌다. 새벽 잠이 없어진 것이다. 저녁 산책을 바꿔보기로 한 건 단지 그 때문이었다.

조간신문을 대충 일별(一瞥)하고 대문을 나섰다. 아직 어둠이 걷히지 않은 마을 농로에 들어서니 한기(寒氣)가 밀려온다. 오등봉 쪽이 아닌 연북로 쪽으로 걸음을 옮겼다.

익숙한 길도 좋지만 일상에서 벗어난 새로운 길로 들어서는 것도 의미가 있을 것으로 생각되었기 때문이다. 구불구불한 농로엔 밤샘 주차 차량으로 빼곡하다. 우리네 할머니들이 새벽을 열던 농로가 차량 노숙 장소로 변하고 있다니 격세지감이다.

그 할머니들은 다 어디로 갔을까? 할머니들 모습이 파노라마가 되어 어둠 속으로 사라진다.

10여 분을 걸었을까? 인간이 삶을 마감하는 곳, 장례식장이 눈에 들어왔다. 마지막 통과의례를 위해 장례식장은 새벽에도 불야성(不夜城)이었다. ○○패션이라는 점포가 눈에 들어온다. 패션이라니, 부모님 상중(喪中)에 패션 상복을 입는 시대가 되었단 말인가? 장례식장이 성업 중이라 주변에는 장례용품점이나 편의 시설들이 많이 들어서 장례 타운이라 해도 좋을 만큼 상권이 확장에 확장을 서듭한 모양새다.

패션과 함께 화원(花園)과 해장국집, 여기에 카페까지 등장하더니 곧 대형 프랜차이즈 가맹점 스타벅스가 개업한다는 영문 현수막이 펄럭이고 있다. 점입가경이다. 장례를 치르려는 건지 축제를 하려는 것인지 구분이 안 가는 세상이다.

"의원(醫員)이 병 고치면 북망산(北邙山)이 저러하랴." 김창업의 시조가 아니라도 병원은 병구완보다 장례사업에 더 혈안이 되어 있다. 나 혼자만 전통문화를 고집해봐야 꼰대라고 할 것 같아 생각을 접기로 하고 발길을 재촉해 보지만 생각하면 생각할수록 패션이라는 용어가 마음에 걸린다.

　장의차 행렬이 새벽 공기를 가르며 기다랗게 늘어서 있다. 마지막 길을 떠나는 영가(靈駕)를 위해 잠시 합장을 한 후 장례식장을 벗어났다. 이내 도로에는 새벽을 여는 자동차 소리로 가득하다. 6차선 연북로에 들어섰음이다. 어둠이 가시지 않은 새벽길, 자동차들은 어디로 향하는 것일까? 대원 마을 쪽으로 방향을 돌릴 즈음 미명(未明)이 어둠을 밀어내자 이번엔 군집을 이룬 고급 타운 하우스에 유치권을 행사한다는 커다란 현수막이 깃발처럼 펄럭이고 있었다.

　가을이 깊을 대로 깊었다. 소설(小雪)이 코앞이고 보면 곧 첫눈 소식이 들려올 것이다. 천륜지정(天倫之情)도 변해가는 우리네 인생살이가 안타까워서일까? 어느새 내 뜨락엔 새벽을 여는 늦가을 햇살이 곱게 내리고 있었다.

단상(斷想), 새벽을 열며

필자가 태어나고 지금까지 살고 있는 마을은 제주시 오등동이다. 전형적인 중산간 마을로 어릴 적 눈이 쌓여 학교를 못 갔던 적도 한두 번이 아닌 오지 마을이다. 버스도 하루 한두 번, 택시는 아예 가지도 않겠다는 마을이었는데 이젠 천지개벽을 하고 있다. 개발붐을 타고 토지 가격이 상승하면서 오지 마을에 일백억 대의 부자가 생겨나고 무분별한 개발과 투기로 몸살을 앓고 있다. 필자가 전혀 바라지 않았던 대로 마을은 변해가고 있는 것이다. 어쩔 수 없는 개발붐이라고 하지만, 그나저나 새벽 산책길만이라도 편하게 다닐 수 있었으면 좋으련만. 할머니들이 새벽을 열던 그 산책길 농로엔 노숙 차량으로 가득하다. 안타깝다.

죽음,
죽는다는 것

좋은 죽음(?)을 위해 살아간다면
아이러니한 역설일까? 아니, 적어도 속설은 아니라는 생각
이 든다. 결국 궁극시인 죽음을 향해 가고 있는 게 인생사일
진대 잘 살고 있다면 어느 정도 좋은 죽음으로 가는 논리성
을 확보했기 때문이다.

생뚱맞게 서두에 웬 죽음 이야기냐 하는 사람도 있겠지
만 최근 아내가 절친이었던 친구의 죽음에 이어 나에게 형부
라 부르며 살갑게 대해주던 동생 친구의 죽음을 마주했었기
에 하는 말이다.

여름이 한복판을 지나가고 있는 이즈음 그 생죽음들을 대
하며 난 다시 내 삶을 되돌아보고 있다.

어찌하랴, 떨어지는 게 자연의 순리인걸. 신의 섭리를 거스르며 원망하고 분노할 수 없기에 다소곳이 자연에 순응해야 할 것이라는 생각을 하게 된다.

죽음의 문턱에서 '그래, 이 정도면 됐다.' 하고 마지막 숨으로 속삭일 수 있는 삶을 살 수는 없을까? 내 목숨이 끊어지는 순간 마지막을 지켜줄 사람은 누구일까?

오늘 밤 내 죽음을 떠올리며 나의 마지막을 지켜줄 사람이 내 가족이 아닐 수도 있다는 생각과 두려움이 서재를 가득 채운다.

최근에 이 의문을 풀기 위해 도서관에 다녀왔다.

죽음을 지켜보는 사람들의 이야기가 있었다. 중환자실에서 죽음을 가장 가까이 대하며 그들의 마지막을 지켜줬던 간호사 출신 저자가 쓴 생명윤리 이야기, 김형숙의 《도시에서 죽는다는 것》이라는 책이다. 현대인 대부분은 최첨단 의료 장비에 둘러싸여 생을 마감한다며 좋은 죽음은 아니라는 의문을 제기한다. 아울러 존엄한 죽음을 맞이하려면 어떤 의료 환경이어야 하는가를 암시적으로 제시해주고 있어 생명윤리와 좋은 죽음에 관심이 있다면 이 여름 꼭 일독해 보시길 권한다.

간호사가 엄마인 줄 알고 매달리는 뇌종양에 걸린 아이를 보내기 전에 한 번 더 안아주지 못한 회한(悔恨), 아이들에게 마지막으로 하고 싶은 말이 있는지 숨이 가쁜 엄마 환자에게 잠시 기도삽관을 하지 않고 기다려 주지 못한 회한 등…. 희망이 없어도 절차를 따라야 하는 의료시스템에서 자신이 저지른 가슴 치는 아쉬움이 책 곳곳에서 묻어 나온다.

난 죽음의 순간에도 계속되는 표준화된 의료시스템이 개탄스럽기만 하다. 기도삽관이나 인공호흡기 등을 꺼져가는 생명에게 달아주는 것은 조물주(造物主)에 대한 도전이 아닐까? 인공호흡기를 해도 죽음은 곧 찾아오기에 연명 의료행위는 요식행위에 불과하다. 하지만 비정하다고 의료진을 탓할 수는 없다. 우리나라는 호스피스 케어 같은 제대로 이별할 수 있는 의료시스템이 마련되어 있지 않기에 그렇다.

이제 우리도 생명윤리에 관심을 가져야 할 때이다.

죽음이 임박했음에도 불구하고 링거를 주렁주렁 매단 것도 모자라 인공호흡기로 생명을 좀 연장하는 것이 무슨 의미가 있으랴.

이제 여름이 가고 가을이 오는 사이에도 우리 이웃들은 하나둘 자연으로 돌아가겠지만 고독하지 않게 가족 곁에서 아름다운 이별을 했으면 하는 바람이 간절하다.

고인이 잠깐 퇴원한 날, 커피를 마시며 아픔을 함께했던 아내의 절친은 마지막 순간에 그 고마움을 며느리에게 전했다니 가슴이 아프다. 만나면 '형부' 하면서 살갑게 나를 대해 줬던 고인도 마찬가지다. 자식의 결혼을 앞두고 맞이하는 죽음의 공포를 세인(世人)들은 상상이나 할 수 있을까? 이 밤도 유가족들은 슬픔에 젖어 단장(斷腸)의 아픔을 겪고 있으리라.

하루빨리 일상을 회복하시길 바라며 삼가 고인들의 명복을 빈다.

죽음, 죽는다는 것

　　아직은 아닌 생죽음을 대하는 가족들에게 어떤 위로의 말을 전해야 할까 고민하는 분들에게 당부하고 싶다. 그저 유가족의 손을 잡아주고 어깨를 감싸주고, 눈물을 흘리고 있으면 조용히 눈물을 닦아주면 될 일이다. 상실이 너무 크기에 어떤 위로의 말도 도움이 되지 않기에 하는 말이다.

무엇을 잃어버렸을 때 모든 것을 상실했다고 할 수 있을까? 죽음은 모든 것을 잃어버린 상실이며 영영 타인이 이해할 수 없는 영역에 속한 상실이 아닐까? 필자는 대학 졸업을 앞둔 어느 날, 막냇동생을 잃었다. 형제 중에서 가장 공부를 잘해 장래가 촉망되던 중2밖에 안 된 아이의 생죽음이라니.

　뇌전증으로 앓다가 짧은 생을 마감했다.

난 아직도 녀석을 잃어버린 그때를 잊지 못하며 살아가고 있다. 아니, 잊을 수가 없고 말로 다하지 못하는 크나큰 상실이기에 생각할수록 가슴이 미어진다. 인간을 허물어버리는 절망적 상실, 그건 곧 가족의 죽음이 아닐까 하는 생각이 든다. 그러나 어찌하랴. 죽음은 신(神)의 영역이기에 받아들여야만 한다.

메타버스 세상이
오고 있다

"아, 원장님 잘 지내시지요? 이렇게라도 통화하니 좋네요."

　　　　　　유리알처럼 맑은 목소리가 전화기
너머로 들려온다. 낭랑한 목소리에 순간 기분까지 상쾌해졌
다. 정말 반가웠다. 요즘은 목소리로 소통하지 않는 세상인
데 직접 통화를 했으니 얼마나 반가웠을까? 현직에 있을 때
는 업무로라도 통화했지만 이젠 별로 만날 일이 없는 K교장
과의 통화는 그렇게 이루어졌다.

　뜨락에 능소화가 흐드러진 어느 날 오후로 기억된다.

　난 손녀와 놀고 있었다. 아니, 놀고 있었다기보다 스마트
폰을 빼앗기고 멍하니 밖을 내다보고 있었다고 해야 맞는 말

이다. 어쩌랴, 교육적(?)으로 놀아줘야 하는데 난 그럴 자신이 없었다. 소위 교육을 40년이나 했다는 사람이 손녀 하나 어쩌지 못하니 40년 세월을 한탄할 따름이다. 놀아줄 마땅한 방법이 없으니 매번 스마트폰이 손녀에게 넘어가기 마련이다.

능숙한 손놀림이 보통이 아니다. 아직 30개월도 채 되지 않은 어린것이 제 입맛에 맞는 동영상을 척척 골라 보는 걸 보면 필시 호모 모빌리언스(Homo Mobilians) DNA를 타고난 듯하다. 하지만 아직 손놀림이 미숙하다 보니 유튜브 채널을 서핑하다 결국 SNS로 K교장에게 동영상이 전송되고 만 것이다.

'콩순이 율동 교실' 풀 버전을 전송받았으니 얼마나 황당했을까? 아니, 나도 적잖이 당황했다. 어쩌면 상대방 기분이 좋지 않을 수도 있는 일이었다. 즉시 전화를 했다. 내 손녀가 보낸 거라고 한번 클릭해 시청해보시길 권한다는 농담과 함께 근황까지 물으며 그렇게 통화는 끝이 났다.

바야흐로 스마트 시대를 넘어 모든 활동이 온라인 공간에서만 이루어지는 메타버스(metaverse) 세상이 오고 있다. 3차원 가상 세계에 살고 있으니 나이 든 사람들은 노인세(?)

를 내고 싶지 않으면 SNS에 친숙해지는 수밖에 별도리가 없다. 나도 세상에 적응하며 살아가기 위해 실물 탑승권을 소지하지 않고 비행기를 탄 지는 이미 오래다. 노인치고는 꽤 SNS에 능숙한 편이 아닌가? 하지만 모든 가상 공간이 ID와 비밀번호까지 요구하고 있어 이게 사람을 미치게 만든다. 그러니 비밀번호가 필요할 때마다 백전백패다. 노인들이 소외될 수밖에 없는 이유이다.

수십만 수백만 구독자를 보유한 유튜브 채널도 수두룩하고 연수익 몇 억은 우습게 벌리는 세상이다. 이러니 그토록 우아한(?) 종이책 브리태니커 백과사전이 역사 속으로 사라진 건 아닐까? 내 손녀가 살아가는 메타버스 세상에서는 종이책 모두가 역사 속으로 사라질 것으로 보인다. 참으로 안타까운 일이다.

불잉걸에 데인 듯한 열기가 느껴지는 저녁이다.

잠시 밖으로 나와 반짝이는 별들을 보며 그리운 얼굴들을 하나하나 떠올려 본다. 손녀가 K교장에게 동영상을 보낸 것은 그리운 사람들과 더 소통하라는 메시지는 아니었을까?

메타버스 세상이 오고 있다

이젠 메타버스 세상에 더해 대화형 인공지능(ChatGPT)이 사람을 지배하는 세상이 오고 있다. 광범위하게 수집하고 딥러닝(Deep Learning)한 기술을 바탕으로 빠르게 학습하여 주어진 질문에 문장으로 답을 제시한다니 어이가 없다.

스마트 기술의 진화는 어디까지인지, 이제 교원도 필요 없는 직업이 될 날이 머지않은 것 같다. 모든 걸 챗지피티에게 상의하고 결정하면 될 일이지 않은가? 학습된 정보를 바탕으로 독자적으로 작성한 콘텐츠를 제시하는 기능이라니 이젠 문학도 필요 없게 될 것이 아닐까 모르겠다. 주제와 소재, 대충의 줄거리만 입력한다면 근사한 장편 소설을 단 몇 분 만에 쓰고 출간하게 될 테니까 하는 말이다. 이젠 스마트기기 없는 세상은 상상하기도 어렵게 됐다.

연(緣), 그 짧은 만남과 이별

"장모님이 돌아가셨습니다."

절규하는 작은놈 목소리가 전화기를 타고 식당 안에 번져나간다. 아무리 인생이 생자필멸(生者必滅)이요 일장춘몽(一場春夢)이라 하지만 어떻게 그렇게 빨리 한 생을 마감해야만 했을까? 사위와의 짧은 만남을 뒤로하고 입춘을 앞둔 1월 어느 날, 사돈님은 극락정토로 그렇게 홀연히 떠나가셨다.

그날은 아내의 예순세 번째 생일이었다. 요즘은 가족들도 한자리에 모이기 힘든 세상이다. 그래서일까? 오래간만에 아들들 손자와 며느리들을 볼 생각에 아내는 아침부터 달

떠 있는 듯 보였었다.

식구들이 식당 문을 열고 들어가는 그 순간이었으리라. 작은며느리가 전화를 받고는 공손하게 조아리며 문밖으로 나갔다. 우린 사돈님 친구에게서 온 전화라 대수롭지 않게 생각하고 있었다. 오늘 모임이 있는데 사돈님이 나오지 않았다는 얘기와 전화를 받지 않는다는 내용이었다. 확인차 며느리와 아들을 보내고 우린 저녁 식사를 하며 일상을 꽃피우고 있었다. 곧 와서 먹을 작은아들과 며느리 몫은 남겨둔 채.

하지만 이상했다.

모임에 늦어본 적이 없는 그런 분이라고 하지 않았는가? 작은아들과 며느리는 오래 돌아오지 않았다. 음식을 앞에 두고 한참을 기다렸지만 전화조차도 받지 않아 순간 불길한 기운이 엄습해 왔다. 작은아들이 쇠울음으로 사돈님 부고를 전한 것은 얼마나 지난 때였는지도 모른다.

아내 생일날 사돈님이 돌아가시다니 이 어인 일인가? 병원으로 향하는 차 안에서 아내도 혼절하며 절규한다. 어떻게 그런 일이 일어날 수 있느냐는 것이었다.

나와의 만남은 상견례에서 만난 단아한 모습과 결혼식장

에서 나누었던 정담이 전부였다.

　정말 그렇게 갈 수는 없다는 생각에 나도 가슴이 메어왔다. 사실 사돈님은 혼자 사시면서 친한 지인들 말고는 주변 인들과 왕래가 그렇게 많지는 않았다는 이야기를 들었다. 하지만 사위를 본 이후 표정도 밝아지셨고 당신이 행복하다는 말을 여러 번 지인들에게 했다는 얘기를 들은 게 엊그제 같은데 그렇게 삶을 마감했다.

　사인은 급성 심근경색이었다. 자식 사랑을 좀 더 받고 떠날 수는 없었을까?

　회자정리(會者定離)라 하지만 아들 녀석과 사돈님과의 만남은 너무 짧았다. 중생을 구제하는 관세음보살은 왜 도처에 없는 것일까? 아니면 아미타불이 이들 사랑을 방해한 것은 아닐까? 너무 짧은 만남을 뒤로하고 그렇게 가셨다니 정말 안타깝기 그지없다.

　당신 마지막을 예상이라도 한 듯 빨래며 집안 정리는 물론 곧 태어날 손녀 육아용품까지 다 챙겨두셨다니 흐트러짐 없는 단아함과 마음가짐에 경의를 표할 뿐이다.

　설날 새벽에 아들과 며느리가 사돈님 영가(靈駕)에 예를 올리고 온 모양이다. 아무도 없는 방에서 아들과 며느리가 예를 올리는 모습을 생각하니 가엽고 애처롭기 그지없다.

이제 곧 손녀가 태어나고 그렇게 또 한 생$^{(生)}$은 이어질 것이다.

오늘이 우수$^{(雨水)}$여서일까? 벌써 봄기운이 돌고 따뜻한 바람이 얼어붙은 대지를 포근히 감싸는 듯하다. 이 봄기운을 받아 우리 아이들도 슬픔에서 빨리 헤어났으면 좋겠다. 그게 사돈님이 불국토에서 전하는 따뜻한 바람이 아닐까 한다. 부디 영가님이 이승에서의 모든 한과 고통을 내려놓으시고 아미타불$^{(阿彌陀佛)}$이 이끄는 대로 극락정토에 도달하시길 발원해 본다.

에필로그

그동안 느꼈던 불편한 사회 진실을 칼럼이라는 편린$^{(片鱗)}$ 속에 나열해 보았다. 먼저 50개의 내 칼럼들을 다 섭렵$^{(涉獵)}$해 준 독자들에게 깊은 감사의 인사를 드린다.

책이 넘쳐나는 세상에 책의 마지막 장까지 다 읽는 독자가 과연 몇 명이나 될까? 이 에필로그를 읽고 있는 독자라면 그는 분명 칼럼을 다 섭렵했을 것이고 거기서 반면교사$^{(半面敎師)}$의 글을 발견했을지도 모르기에 더욱 감사 인사를 드리지 않을 수 없다.

독자들이라 할지라도 독후$^{(讀後)}$ 감정은 다 제각각일 것이다.

무슨 뚱딴지같은 소리를 하느냐 할지도 모르지만 세상에는 만화경 속보다 더 다양한 부류의 인간들이 존재한다. 그래서 내 글에 공감하는 독자가 있는 반면에 다른 생각을 지녔고 내 글에 동의하기 어려워하는 독자도 분명히 존재한다는 얘기다.

동의하든 동의하지 않든 이 행간을 읽고 있는 독자들이 있다면 그들은 이 시대 진정한 지성인이라는 것을 밝혀두고자 한다. 아울러 그들에게 존경의 마음도 함께 보낸다.

프롤로그에서도 이미 밝혔지만 난 내 생각에 모두 동의해 주지 않아도 좋다.

다만 내가 어떤 생각을 하고 어떤 감성을 지닌 작가인가 하는 사실만 바로 인식해 주었으면 하는 바람이 있다. 내가 살아오면서 느끼는 자연현상, 사회현상에서 난 내 기준으로 많은 불편한 진실들을 목도하였기에 조금이나마 그 불편한 진실들을 개선해 보려는 몸부림으로 칼럼을 써왔고 지금도 계속하고 있기 때문이다.

내가 글로 쓰고 실천한다고 해서 곧 세상이 변하지 않는다는 것도 잘 알고 있다. 하지만 내 생각에 동의하는 독자들이 많아질수록 미국의 기상학자 에드워드 로렌즈$^{(Lorenz, E.)}$가 주장한 나비효과를 발휘할 수 있을 것이라 생각하기에 글쓰기를 계속해서 실천하고 있다. 브라질에 있는 작은 나비의 날갯짓이 미국 텍사스에서 토네이도를 발생시킬 수도 있는 것처럼 내 졸필도 작은 날갯짓이 되어 우리 사회를 변화시킬 수 있으면 얼마나 좋을까 하는 소망도 이 글에 함께 담겨 있음을 밝힌다.

아직도 내 파일 속에는 지방 일간지에 쓴 칼럼들이 수북이 쌓여 있다. 이번 출간에 다 실어보려고 노력했지만 500페이지를 상회$^{(上廻)}$할 것 같아 포기했다. 작가는 출간하는 책의 분량으로 경중을 따지지 않는다는 동료 작가의 조언을 받아들인 결과이다.

파일에 아직 잠자고 있는 칼럼들도 역시 불편한 사회 진실을 밝히는 내 생각이 가감 없이 담겨 있다고 말하고 싶다.

남은 생에 다시 칼럼집을 펴낼 수 있을지는 모르겠다. 하지만 건강이 지속되고 신$^{(神)}$이 허락한다면 수북이 쌓여 있는 내 파일 속 생각들이 다시 세상의 빛을 볼 날이 분명히 있을 것이다. 하지만 이것은 어디까지나 내 바람일 뿐 모든 것은 신이 결정할 일이다.

그나저나 경제적으로는 부유해졌지만 깊은 가난의 골짜기를 헤매는 영혼들이 아직도 우리나라에 많다는 사실을 명심해야 한다.

물질은 물론 정신적으로도 부유한 영혼이 되길 바라며 내가 쓰고 있는 불편한 진실들이 위정자들에 의해 호도되지 않기를 진정으로 바란다. 우리를 더 깊은 가난의 골짜기로 몰아가고 있는 거짓 정치인들을 골라내려면 불편한 사회 진실을 올바르게 판단할 수 있는 깨어있는 독자들이 많아져야 한다, 그래야 우린 가난의 골짜기에서 벗어날 수 있음을 분명히 말씀드리고 싶다.

호의호식(好衣好食)하기만 하면 불편한 진실쯤은 눈감아도 괜찮다는 생각은 대단히 위험하다. 우리 사회에 깨어있는 양심적 지성인들이 필요한 이유이기도 하다. 이타심(利他心)으로 사회를 돌아보고 사회현상을 감성적으로 바꾸려는 노력들이 사회 곳곳에서 일어났으면 하는 바람이다. 물질문명이 지배하는 사회는 언젠가 나락으로 떨어질 것이 분명하기에 그렇다.

불편한 사회 진실로 고뇌하는 지성인들과 방황하는 젊은

이들, 사회현상에 대해 올바른 감수성을 가진 모든 이들에게 이 책을 바치고 싶다. 고뇌하고 방황하면서도 사회 현실을 똑바로 직시하고 각고^(刻苦)의 노력을 기울일 때 분명 세상은 그들의 차지가 될 것이기에 드리는 말씀이다.

끝으로 거듭 불편한 사회 진실에 대해 고뇌하고 방황하고 있는 독자들에게 부디 희망을 포기하지 말고 꿈을 키워가시라는 인사로 에필로그를 대신한다.